U0535247

Jul.

心美，一切皆美

林清玄清欢三卷

林清玄 著

浙江教育出版社·杭州

—— /// ——

我只把最真实、最纯朴、
最能与我的美感或爱情相呼吸的留给我自己，
我自己就是江山，
我自己就是一个具足的宇宙。

——— /// ———

觉醒的滋味随时都在,就像阳光每天都来。

唯有无上正觉的人，才能迈向生命的大美、至美、完美与绝美。

—— /// ——

小小的欢喜里有小小的忧伤，
小小的别离中有小小的缠绵。

自序

心美，吹拂过的风都美

在美丽的湖边醒来

沉沉的梦中，听见远方寺院的钟声。

我从床上跳起来，推开窗子，想确定自己身在何处。

呀！是肇庆，美丽的七星湖边。

站立在湖中的水杉，倒映在水中的山影，以及优雅划过的小船，都在呼唤着我。

我完全清醒了。

许多年来，我一直在巡回演讲、四处旅行，每隔几天就会换一个城市，睡在不同的饭店，醒来的时刻我的感受经常迷离：今夕何夕？此处何处？我在哪里？

清晨推开窗子的那一刻，才能真正确知自己的所在。

是多么奇妙的感受呀！孤身一人，行走在从未到过的地方，仿佛飘浮在太空的某一情境中，直到早上的闹钟响起，才从太空飘落，那窗外的景色永远既熟悉又陌生，像是深植于记忆，又像是第一次到达。

在异地的清晨，第一件事是醒来；第二件事是煮一杯咖啡，让自己心静下来。心一静下来，就想起自己是知命到耳顺之年了！想起远方的人，深爱的妻子与儿女！想起今日的行程，今天有三场演讲，还要上两个电视节目，接受一家报社的专访！

你是你，已不是最初的你！

你是你，也不是昨天的你！

每天的你都是不同的，昨天你还在南方的广州，今天已在北方的丹东了！

每天你的思想都是千回百转的，昨天你在寺庙里讲的是永恒的向往，今天你在大学里要讲的却是眼前的困境。

永恒的境不离眼前之心，一朝风月即万古长空，却又向何人说去？

只有在旅店的灯下，才能把眼前和永恒透过笔和稿纸做一个神秘的联结。

清晨，在美丽的不知名的湖边醒来，是美好而迷离的；但只有夜里在自己的心中醒来，书写文字，才会有平常的心。

奔波来去的岁月，一站又一站的旅途，在动荡与流离中，只要反观自心、自净其意，就定了、静了、安了，使我不论在多么偏远的地方行脚，都能无虑而有得。

每天的睡去，是旅程的一个终站。

每天的醒来，是旅程的一个起点。

在大河流逝的、去而无声的人生呀！我对生命的书写，使我能心无挂碍地睡去，也能心无所求地醒来。

在生命的转弯处

年轻的时候，从家乡的小土路走出来，踩过泥泞与细石的小径，看着一路缠绵的牵牛花，还有一直香到谷口的野百合，我的心像埋在地里春草的种子，蠢蠢欲动，我要成为一个作家、一个文学家、一个思想家，我要走出这个村子，笔直地走去，走到远天的尽头。

充满了爱、浪漫、理想的心，总是带着梦幻的，以为人生的路是笔直、宽阔、平坦的，经过多年的行走，才知道路有时崎岖，偶尔凹陷，还有难以通行的窄巷！

文学是记录自己的人生，散文家尤其是，年近六十才能大方地宣称：各种路我都走过了，我的人生已经过了多次的转弯，成与败是没有定数的，好与坏也随时空而变异，作品无关乎青涩或成熟，只是生命某一个旅程的注记。

有的驿站空无一人。

有的旅店狂沙漫天。

有的客栈繁花似锦。

有的酒肆江天月小……

我都曾暂住其中，有感于斯情斯境，敏于斯文。

那路旁小草的翠绿，我没有隐藏你；那山间明月的温柔，我也没有隐藏你；那池边莲花的芳香，我更没有隐藏你……

青青翠竹，皆是法身，郁郁黄花，无非般若。

我既不显露，也不隐藏！

心美，一切皆美

二十世纪八十年代，我写过一套"菩提系列"，被选为"四十年来最畅销及最有影响的书"，畅销超过百万册。

九歌的朋友一直希望我把这套书重整，编一个精选集，我把三分之二的内容去除，留下了三分之一，编成三册的典藏版，希望新世纪的人也有机缘读到关于菩提的智慧。

第一册讲"心"，我把书名取为《心美，一切皆美》。生活在俗世的人，不要说每天与美相遇，有很多已经很久很久没有看见美了。

并非生命中缺乏美的事物，而是我们的心不美了。

我的写作是在寻索那美的可能，发现那美的存在，触及那美的境界。我写作已经四十年了，少年时代醉心于美的我，与现在并无不同，老骥伏枥，志在千里，在悠长的时间中、在广大的世界里，我依然每天写作，走向人生的大美。

我深深相信，只要心美，连吹拂过的风都是美的，刚刚从溪边吹来的风，在我身边绕了一圈，又吹向不可知的所在。

亲爱的朋友，那阵风，带着美，带着我的祝福，已经吹向你了！

目 录 …

辑一
心守清净看世界

002	清欢
011	茶香一叶
018	温柔半两
022	黄花与翠竹
027	四随
040	黄昏菩提
052	学看花
058	牡丹也者
066	梅香
069	一尘
073	雪的面目
076	月到天心

辑二
心有欢喜过生活

- 082　流浪水
- 085　生命的化妆
- 088　世缘
- 092　云散
- 095　求好
- 098　素质
- 101　心的影子
- 104　一朝
- 110　不是茶
- 115　不着于水
- 119　掌中宝玉
- 122　清雅食谱

辑三
心向平常生情味

- 128 心无片瓦
- 133 一片茶叶
- 135 杨枝
- 137 众生的心
- 138 觉醒的滋味
- 140 愿做自由花
- 145 柔软心
- 150 忧欢派对
- 159 季节十二帖
- 168 河的感觉

辑四
心怀柔软除挂碍

- *180* 幸福的开关
- *191* 水晶石与白莲花
- *199* 来自心海的消息
- *206* 时间道场
- *209* 小米
- *222* 心灵的护岸
- *227* 芒花季节
- *232* 丛林的迷思
- *236* 一只毛虫的圆满
- *242* 走向生命的大美

辑一

心守清净 看世界

第一流人物是什么人物?

第一流人物是在清欢里也能体会人间有味的人物!

第一流人物是在污浊滔滔的人间,也能找到清欢的人物!

清　欢

少年时代读到苏轼的一阕词，非常喜欢，到现在还能背诵：

细雨斜风作晓寒，淡烟疏柳媚晴滩。入淮清洛渐漫漫。
雪沫乳花浮午盏，蓼茸蒿笋试春盘。人间有味是清欢。

这阕词，苏轼在旁边写着"元丰七年十二月二十四日，从泗州刘倩叔游南山"，原来是苏轼和朋友到郊外去玩，在南山里喝了浮着雪沫乳花的小酒[1]，配着春日山野里的蓼菜、茼蒿、新笋以及野草的嫩芽等，然后自己赞叹着："人间有味是清欢！"

当时之所以能深记这阕词，最主要的原因是爱极了后面这一句，因为试吃野菜的这种平凡的清欢，才使人间更有滋味。"清欢"是什么呢？清欢几乎是难以翻译的，可以说是"清淡的欢愉"，这种清淡的欢愉不是来自别处，正是来自对平静疏淡简朴生活的一种热爱。当一个人可以品味出野菜的清香胜过了山珍海味，或者一个人在路边的石头里看出了比钻石更引人的滋味，或者一个人听林间鸟鸣的声音感受到比提笼遛鸟更感动，或者体会了静静品一壶乌龙茶比起在喧闹的晚宴中更能清洗心灵……这些就是"清欢"。

清欢之所以好，是因为它对生活的无求，是它不讲求物质的条件，只讲究心灵的品味。清欢的境界很高，它不同于李白的"人生在世不称意，明朝散发弄扁舟"那样的自我放逐，或者"人生得意须尽欢，莫使金樽空对月"那种尽情的欢乐。它也不同于杜甫的"人生有情泪沾臆，江水江花岂终极"这样悲痛的心事，或者"人生不相见，动如参与商；今夕复何夕，共

---

[1] 应为清茶。

此灯烛光"那种无奈的感叹。

活在这个世界上，有千百种人生。文天祥的是"人生自古谁无死，留取丹心照汗青"，我们很容易体会到他的壮怀激烈；欧阳修的是"人生自是有情痴，此恨不关风与月"，我们很能体会到他的绵绵情恨；纳兰性德的是"人到情多情转薄，而今真个悔多情"，我们也不难会意到他无奈的哀伤；甚至于像王国维的"人生只似风前絮，欢也零星，悲也零星，都作连江点点萍"那种对人生无常所发出的刻骨的感触，也依然能够知悉。

可是"清欢"就难了！

尤其是生活在现代的人，差不多是没有清欢的。

什么样是清欢呢？我们想在路边好好地散个步，可是人声车声不断地呼吼而过，一天里，几乎没有纯然安静的一刻。

我们到馆子里，想要吃一些清淡的小菜，几乎是杳不可得，过多的油、过多的酱、过多的盐和味精已经成为中国菜最大的特色，有时害怕了那样的油腻，特别嘱咐厨子白煮一个菜，菜端出来时让人吓一跳，因为菜上挤的沙拉比菜还多。

有时没有什么事，心情上只适合和朋友去啜一盅茶、饮一杯咖啡，可惜的是，心情也有了，朋友也有了，就是找不到地方，有茶有咖啡的地方总是嘈杂的。

俗世里没有清欢了,那么到山里去吧!到海边去吧!但是,山边和海湄也不纯净了,凡是人的足迹可以到的地方,就有了垃圾,有了臭秽,有了吵闹!

有几个地方是我以前常去的,像阳明山的白云山庄,叫一壶兰花茶,俯望着台北盆地里堆叠着的高楼与人欲,自己饮着茶,可以品到茶中有清欢。像在北投和阳明山间的山路边有一个小湖,湖畔有小贩卖工夫茶,小小的茶几、藤制的躺椅,独自开车去,走过石板的小路,叫一壶茶,在躺椅上静静地靠着,有时湖中的荷花开了,真是惊艳一山的沉默。有一次和朋友去,在躺椅上静静喝茶,一下午竟说不到几句话,那时我想,这大概就是"人间有味是清欢"了。

现在这两个地方也不能去了,去了只有伤心。湖里的不是荷花了,是漂荡着的汽水罐子,湖畔也无法静静躺着,因为人比草多,石板也被踏损了。到假日的时候,走路都很难不和别人推挤,更别说坐下来喝口茶,如果运气更坏,会遇到呼啸而过的飞车党,还有带伴唱机来跳舞的青年,那时所有的感官全部电路走火,不要说清欢,连欢也不剩了。

要找清欢,一日比一日更困难了。

当学生的时候,有一位朋友住在中和圆通寺的山下,我常

心美，
一切皆美

　　常坐着颠踬的公交车去找她，两个人沿着上山的石阶，漫无速度地走走、坐坐、停停、看看。那时圆通寺山道石阶的两旁，杂乱地长着朱槿花，我们一路走，顺手摘下一朵熟透的朱槿花，吸着花朵底部的花露，其甜如蜜，而清香胜蜜，轻轻地含着一朵花的滋味，心里遂有一种只有春天才会有的欢愉。

　　圆通寺是一座全由坚固的石头砌成的寺院，那些黑而坚强的石头坐在山里仿佛一座不朽的城堡，绿树掩映，清风徐徐，站在用石板铺成的前院里，看着正在生长的小市镇，那时的寺院是澄明而安静的，让人感觉走了那样高的山路，能在那平台上看着远方，就是人生里的清欢了。

　　后来，朋友嫁人，到海外去了。我去过一趟圆通寺，山道已经开辟出来，车子可以环山而上，小山路已经很少有人走，就在寺院的门口摆着满满的摊子，有一摊是儿童乘坐的机器马，叽里咕噜的童歌震撼半山，有两摊是打香肠的摊子，烤烘香肠的白烟正往那古寺的大佛飘去，有一位母亲因为不准孩子吃香肠而揍打着两个孩子，激烈的哭声尖亢而急促……我连圆通寺的寺门都没有进去，就沉默地转身离开，山还是原来的山，寺还是原来的寺，为什么感觉完全不同了？失去了什么吗？失去的正是清欢。

下山时的心情是不堪的,想到星散的朋友,心情也不是悲伤,只是惆怅,浮起的是一阕词和一首诗,词是李煜的:"高楼谁与上?长记秋晴望。往事已成空,还如一梦中!"诗是李觏的:"人言落日是天涯,望极天涯不见家。已恨碧山相阻隔,碧山还被暮云遮。"那时正是黄昏,在都市烟尘蒙蔽了的落日中,真的看到了一种悲剧似的橙色。

我二十岁心情很坏的时候,就跑到青年公园对面的骑马场去骑马,那些马虽然因驯服而动作缓慢,却都年轻高大,有着光滑的毛色。双腿用力一夹,它也会如箭一般呼噜向前蹿去,急忙的风声就从两耳掠过,我最记得的是马跑的时候,迅速移动着的草的青色,青茸茸的,仿佛饱含生命的汁液,跑了几圈下来,一切恶的心情也就在风中、在绿草里、在马的呼啸中消散了。

尤其是冬日的早晨,勒着绳,马就立在当地,踢踏着长腿,鼻孔中冒着一缕缕的白气,那些气可以久久不散。当马的气息在空气中消弭的时候,人也好像得到某些舒放了。

骑完马,到青年公园去散步,走到成行的树荫下,冷而强悍的空气在林间流荡,可以放纵地、深深地呼吸,品味着空气里所含的元素,那元素不是别的,正是清欢。

心美，
一切皆美

最近有一天，突然想到骑马，已经有十几年没骑了。到青年公园的骑马场时差一点吓昏，原来偌大的马场已经没有一根草了，一根草也没有的马场大概只有台湾才有，马跑起来的时候，灰尘滚滚，弥漫在空气里的尽是令人窒息的黄土，蒙蔽了人的眼睛。马也老了，毛色斑驳而失去光泽。

最可怕的是，不知道什么时候在马场搭了一个塑胶棚子，铺了水泥地，奇丑无比，里面则摆满了机器的小马，让人骑用，奇吵无比。为什么为了些微的小利，而牺牲了这个马场呢？

马会老是我知道的事，人会转变是我知道的事，而在有真马的地方放机器马，在马跑的地方没有一株草，则是我不能理解的事。

就在马场对面的青年公园，已经不能说是公园了，人比西门町还拥挤吵闹，空气比咖啡馆还坏，树也萎了，草也黄了，阳光也不灿烂了。从公园穿越过去，想到少年时代的这个公园，心痛如绞，别说清欢了，简直像极了佛经所说的"五浊恶世"！

生在这个时代，为何"清欢"如此难觅？眼要清欢，找不到青山绿水；耳要清欢，找不到宁静和谐；鼻要清欢，找不到干净空气；舌要清欢，找不到蓼茸蒿笋；身要清欢，找不到清凉净土；意要清欢，找不到智慧明心。如果要享受清欢，唯一的方法是守在自己小小的天地，洗涤自己的心灵。因为在我们拥有愈多的物质世界，我们的清淡的欢愉就日渐失去了。

现代人的欢乐，是到油烟爆起、卫生堪虑的啤酒屋去吃炒蟋蟀；是到黑天暗地、不见天日的卡拉 OK 厅去乱唱一气；是到乡村野店、胡乱搭成的土鸡山庄去豪饮一番；以及到狭小的房间里做方城之戏，永远重复着摸牌的一个动作……以为这些放逸的生活是欢乐，想起来毋宁是可悲的。为什么现代人不能过清欢的生活，反而以浊为欢、以清为苦呢？

一个人以浊为欢的时候，就很难体会到生命清明的滋味，而在欢乐已尽、浊心再起的时候，人间就愈来愈无味了。

这使我想起东坡的另一首诗来：

梨花淡白柳深青，柳絮飞时花满城。
惆怅东栏一株雪，人生看得几清明。

苏轼凭着东栏看着栏杆外的梨花，满城都飞着柳絮时，梨花也开了遍地，东栏的那株梨花却从深青的柳树间伸了出来，仿佛雪一样清丽，有一种惆怅之美，但是人生看这么清明可喜的梨花能有几回呢？这正是千古风流人物的性情，这正是清朝大画家盛大士在《溪山卧游录》中说的:"凡人多熟一分世故,即多一分机智。多一分机智,即少却一分高雅。""山中何所有?岭上多白云。只可自怡悦,不堪持赠君。"自是第一流人物。

第一流人物是什么人物?

第一流人物是在清欢里也能体会人间有味的人物!

第一流人物是在污浊滔滔的人间,也能找到清欢的人物!

茶香一叶

在坪林乡，春茶刚刚收成结束，茶农忙碌的脸上才展开了笑容，陪我们坐在庭前喝茶，他把那还带着新焙炉火气味的茶叶放到壶里，冲出来一股新鲜的春气，溢满了一整座才刷新不久的客厅。

茶农说："你早一个月来的话，整个坪林乡人谈的都是茶，想的也都是茶。到一个人家里总会问采收得怎样，今年烘焙得如何，茶炒出来的样色好不好，茶价好还是坏，甚至谈天气也是因为与采茶有关才谈它，直到春茶全采完了，才能谈一点茶以外的事。"听他这样说，我们都忍不住笑了，好像他好不容易从茶的影子走了出来,终于能做一些与茶无关的事情,好险!

慢慢地,他谈得兴起,把一斤三千元的茶也拿出来泡了,边倒茶边说:"你别小看这一斤三千元的茶,是比赛得奖的,同样的质量,在台北的茶店可能就是八千元的价格。在我们坪林,一两五十元的茶算是好茶了,可是在台北一两五十元的茶里还掺有许多茶梗子。"

"一般农民看我们种茶的茶价那么高,喝起茶来又是慢条斯理,觉得茶农的生活蛮悠闲的,其实不然,我们忙起来的时候比任何农民都要忙。"

"忙到什么情况呢?"我问他。

他说,茶叶在春天的生长是很快的,今天要采的茶叶不能留到明天,因为今天还是嫩叶,明天就是粗叶子,价钱相差几十倍,所以赶清晨出去一定是采到黄昏才回家,回到家以后,茶叶又不能放,一放那新鲜的气息就没有了,因而必须连夜烘焙,往往工作到天亮,天亮的时候又赶着去采昨夜萌发出来的新芽。

而且这种忙碌的工作是全家总动员,不分男女老少。在茶乡里,往往一个孩子七八岁时就懂得采茶和炒茶了,一到春茶盛产的时节,茶乡里所有孩子全在家帮忙采茶炒茶,学校几乎停顿,他们把这一连串为茶忙碌的日子叫"茶假"。但孩子放茶假的时候，比起日常在学校还要忙碌得多。

主人为我们倒了他亲手种植和烘焙的茶，一时之间，茶香四溢。文山包种茶比起乌龙还带着一点溪水清澈的气息，乌龙这些年被宠得有点像贵族了，文山包种则还带着乡下平民那种天真纯朴的亲切与风味。

主人为我们说了一则今年采茶时发生的故事。他由于白天忙着采茶、分茶，夜里还要炒茶，忙到几天几夜都不睡觉，连吃饭都没有时间，添一碗饭在炒茶的炉子前随便扒扒就解决了一餐，不眠不休地工作，只希望今年能采个好价钱。

"有一天采茶回来，马上炒茶，晚餐的时候自己添碗饭吃着，扒了一口，就睡着了，饭碗落在地上打破都不知道，人就躺在饭粒上面，隔一段时间梦见茶炒焦了，惊醒过来，才发现嘴里还含着一口饭，一嚼发现味道不对，原来饭在口里发酵了，带着米酒的香气。"主人说着说着就笑起来了，我却听到了笑声背后的一些辛酸。人忙碌到这种情况，真是难以想象。抬头看窗外那一畦畦夹在树林山坡间的茶园，即使现在茶采完了，还时而看见茶农在园中工作的身影，在我们面前摆在壶中的茶叶原来不是轻易得来的。

主人又换了一泡新茶，他说："刚喝的是生茶，现在我泡的是三分仔（炒到三分的熟茶），你试试看。"然后他从壶中倒出了黄金一样色泽的茶汁来，比生茶更有一种古朴的气息。他说："做茶的有一句话，说是'南有冻顶乌龙，北有文山包种'。其实，冻顶乌龙和文山包种各有各的胜场，乌龙较浓，包种较清，乌龙较香，包种较甜，都是台湾之宝，可惜大家只熟悉冻顶乌龙，对文山的包种茶反而陌生，这是很不公平的事。"

对于不公平的事，主人似有许多感慨，他的家在坪林乡山上的渔光村，从坪林要步行两个小时才到，遗世而独立地生活着，除了种茶，闲来也种一些香菇。他住的地方在海拔八百公尺[1]高的地方，为什么选择住这样高的山上？"那是因为茶和香菇在越高的地方长得越好。"

即使在这么高的地方，近年来也常有人造访，主人带着乡下传统的习惯，凡是有客人来总是亲切招待，请喝茶请吃饭，临走还送一点自种的茶叶。他说："可是有一次来了两个人，我们想招待吃饭，忙着到厨房做菜，过一下子出来，发现客厅的东西被偷走了一大堆，真是令人伤心哪！人在这时比狗还不如，你喂狗吃饭，它至少不会咬你。"

---

[1] 公尺：米的旧称。

主人家居不远的地方，有北势溪环绕，山下有一个秀丽的大舌湖，假日时候常有青年到这里露营。青年人所到之处，总是垃圾满地，鱼虾死灭，草树被践踏，然后他们拍拍屁股走了，把苦果留给当地居民去尝。他说："二十年前，我也做过青年，可是我们那时的青年好像不是这样的，现在的青年几乎都是不知爱惜大地的，看他们毒鱼的那种手段，真是令人毛骨悚然，这里面有许多还是大学生。只要有青年来露营，山上人家养的鸡就常常失踪，有一次，全村的人生气了，茶也不采了，活也不做了，等着抓偷鸡的人，最后抓到了，是一个大学生，村人叫他赔一只鸡一万块，他还理直气壮地问：'天下哪有这么贵的鸡？'我告诉他说：'一只鸡是不贵，可是为了抓你，每个人本来可以采一千五百元茶叶的，都放弃了，为了抓你，我们已经损失好几万了。'"

这一段话，说得在座的几个茶农都大笑起来。另一个老的茶农接着说："像文山区是台北市的水源地，有许多台北人就怪我们把水源弄脏了，其实不是，我们更需要干净的水源，保护都来不及，怎么舍得弄脏？把水源弄脏的是台北人自己，每星期有五十万个台北人到坪林来，人回去了，却把五十万人份的垃圾留在了坪林。"

在山上茶农眼中，台北人是骄横的、自私的、不友善的，任意破坏山林与溪河的一种动物。有一位茶农说得最幽默："你看台北人自己把台北搞成什么样子，我每次去，回来差一点窒息！一想到我们辛辛苦苦种出来的最好的茶要给这样的人喝，心里就不舒服。"

谈话的时候，他们几乎忘记了我是台北来客，纷纷对这个城市抱怨起来。在我们自己看来，台北城市的道德、伦理、精神只是出了问题；但在乡人的眼中，这个城市的道德、伦理、精神是几年前早就崩溃了。

主人看看天色，估计我们下山的时间，泡了今春他自己烘焙出来最满意的茶。那茶还有今年春天清凉的山上气息，掀开壶盖，看到原来卷缩的茶叶都伸展开来，感到一种莫名的欢喜。心里想着，这是一座茶乡里一个平凡茶农的家，我们为了品早春的新茶，老远跑来，却得到了许多新的教育，原来就是一片茶叶，它的来历也是不凡的，就如同它的香气一样是不可估量的。

从山上回来，我每次冲泡带回来的茶叶时，眼前仿佛浮起茶农扒一口饭睡着的样子，想着他口中发酵的一口饭，说给朋友听，他们一口咬定："吹牛的，不相信他们能忙到那样，饭含在口里怎么可能发酵呢？"我说："如果饭没有在口里发酵，哪里编得出来这样的故事呢?"朋友哑口无言。

然后我就在喝茶时反省地自问:为什么我信任只见过一面的茶农,反而超过与我相交多年的朋友呢?

疑问就在鼻息里化成一股清气,在身边围绕着。

温柔半两

读到无际大师的"心药方",说到不管是齐家、治国、学道、修身,必须先服十味妙药,才能成就。哪十味妙药呢?他说:"好肚肠一条,慈悲心一片,温柔半两,道理三分,信行要紧,中直一块,孝顺十分,老实一个,阴骘全用,方便不拘多少。"这十味妙药要怎么吃呢?他又说,"此药用宽心锅内炒,不要焦,不要躁,去火性三分,于平等盆内研碎。三思为末,六波罗蜜为丸,如菩提子大。每日进三服,不拘时候,用和气汤送下。果能依此服之,无病不瘥。"

"心药方"是用白话写成的,不难理解其意,在此必须解释的是"六波罗蜜"。波罗蜜是行菩萨道之谓，行法有六种：一布施、二持戒、三忍辱、四精进、五禅定、六智慧。菩萨用这六种方法度人过生死海到涅槃彼岸。"菩提子"则是菩提树的种子，可做念珠，大小如莲子，做抽象解释时，"菩提"是"觉悟"的意思。

我想，不论是否佛教徒，每天能三服这帖心药，不仅能使身心安乐，也能无愧于天地。假如每天吃三四味，也就能去病延年，要是万万不可能，一天吃一口"温柔半两"，可能也足以消灾少祸了。

这一帖心药虽仅有十味，味味全是明心见性，充满了智慧。因为在佛家而言，人身体所有的病痛全是由心病而来，佛陀释迦牟尼将心病大属于贪、嗔、痴三种。一个人只有在除去贪、嗔、痴三病时，才能有一个明净的精神世界，也才会身心悦乐，没有挂碍，没有恐怖，远离颠倒梦想。因此，所有佛书的入门就是一部心经，所有成佛的最高境界，靠的也是心。

佛书中对心的探求与沉思历历可见，释尊曾经这样开示："心作天，心作人，心作鬼神，畜生、地狱，皆心所为也。"（《般泥洹经》）又说："能伏心为道者，其力最多。吾与心斗，其劫无数，今乃得佛，独步三界，皆心所为。"（《五苦章句经》)对于为善的人,心是甘露法;对于为恶的人,心是万毒根。因此医病当从内心医起,救人当从内心救起。

例如,佛祖在《楞严经》里说:"灯能显色,如是见者,是眼非灯;眼能显色,如是见性,是心非眼。"翻译成白话是:"灯能显出东西不是灯能看见东西,而是眼睛借灯看见了东西;眼睛看见了东西,并不是眼睛在看,而是心借眼睛显发了见性。"那么,我们可以说一个人不明事理,不是事理有病,不是眼睛有病,而是内心有病。只要治好了真心,眼睛也可以分辨,事理也得到了澄清。

无际大师的心药,即从根本处解决了人生与人格的问题。

关于心的壮大,禅宗初祖达摩祖师在《达摩血脉论》中曾有一段精彩绝伦的文字,他说:"除此心外,见佛终不得也。佛是自心作得,因何离此心外觅佛?前佛后佛只言其心,心即是佛,佛即是心,心外无佛,佛外无心。若言心外有佛,佛在何处?心外既无佛,何起佛见……若知自心是佛,不应心外觅佛。佛不度佛,将心觅佛不识佛。"

因而历来的禅宗无不追求一个本心,认为一个人不能修心、明心、真心、深心,而想成佛道,有如取砖头来磨镜,有如以沙石作饭,是杳不可得的。这正是六祖慧能说的:"于一切处行住坐卧，常行一直心是也。""但行直心，于一切法勿有执着。"

知道了心对真实人生的重要性，再回来看无际大师的心药方，他的这帖药是古今中外皆可行的，而且有许多正在现代社会中消失，实在值得三思。试想，一个人要是为人有好肚肠、长养慈悲心、多几分温柔、讲一些道理、对人守信用、对朋友讲义气、对父母孝顺、行住坐卧诚信不欺、不伤阴德、尽量给人方便，那么这个人算是道德完满的人，还会有什么病呢？

人人如此，社会也就无病了。

天下太平的线索，其实就是一个人内心完成所有元素的组合。

黄花与翠竹

潭州沩山灵祐禅师,十五岁出家后到处参学云游,二十三岁时游到江西,向百丈禅师参学,是百丈弟子中的首座。有一天他站在百丈禅师身旁,百丈问他:

"你拨拨看,火炉里还有火吗?"

他用杖子拨了一拨,回答说:"没有火了。"

百丈禅师站起来,亲自去拨火炉,得到一点点火炭,他拿起来给大家看,说:"这不是火吗?"

灵祐禅师当下开悟。

后来,灵祐禅师在沩山当方丈,有一位石霜和尚到沩山来当米头，负责筛米。有一天石霜正在筛米的时候，被灵祐看见了，说："这是施主的东西，不要抛散了！"

"我并没有抛散！"石霜回答说。

灵祐在地上捡起一粒米，说："你说没有抛散，那这个是什么？"

石霜无言以对。

"你不要小看了这一粒米，百千粒米都是从这一粒生出来的！"灵祐又说。

"百千粒米都是从这一粒生出，那么这一粒又是从什么地方来的呢？"石霜答辩着。

灵祐什么话也不说，哈哈大笑，径自回到方丈室里去了。

我很喜欢这一则禅宗故事，因为它不像后来的一般公案那样扑朔迷离，令人摸不到头脑，它很清楚明白地说出了禅宗的精神，而且前后呼应，令我们找到了一些公案发展的线索。

灵祐禅师为什么开悟呢？这是禅宗特有的明心见性、净心内观的特色。因为心是种子，火也是种子，过去他虽多方参学，但始终没有找到隐在最内部的种子，只看到火炉和表面的火，而百丈禅师一拨就找到了火的种子，他一看这火种犹如心种，有了火种则有一切火，有了心种则有一切道，他过去不能悟，是他找不到最里面的种子（佛种），但已蕴藏了找到的机缘，当然立即证悟。

后来他教导石霜和尚，他捡起地上的米说："你说没有抛散，那这个是什么？"石霜竟不能开悟，他只好进一步地说，"你不要小看了这一粒米，百千粒米都是从这一粒生出来的！"石霜如果在这里开悟倒也罢了，他不但没有开悟，反过来问师父："百千粒米都是从这一粒生出，那么这一粒又是从什么地方来的呢？"所以他哈哈大笑而去。因为到这里已经是哲学的思辨，不是直指人心见性成佛了。

这个故事告诉我们，禅宗是讲根器和机缘的，没有根器和机缘，再好的师父也是枉然。我们看禅宗的祖师那样多，禅宗的公案那样热闹，其实见性成佛的一定是少数，大多数修禅的人就在历史之河中淹没，等待来生新的锻炼。

有的人不知道，看这里也悟道，那里也悟道，见这个禅师看翠竹悟道，那个禅师看黄花悟道，以为翠竹黄花都是道，则坠入了迷宫。关于这一点，大珠禅师说得最好：

"所言法者，谓众生心。若心生故，一切法生；若心无生，法无从生，亦无名字。迷人不知法身无象，应物现形，遂唤青青翠竹，总是法身；郁郁黄花，无非般若。黄花若是般若，般若即同无情;翠竹若是法身,法身即同草木,如人吃笋,应总吃法身也。如此之言,宁堪齿录……是以解道者,行住坐卧,无非是道;悟法者,纵横自在,无非是法。"

他又说:

"若见性,人道是亦得,道不是亦得,随用而说,不滞是非。若不见性,人说翠竹着翠竹,说黄花着黄花,说法身滞法身,说般若不识般若。所以皆成争论。"

这两段话说出了一个禅师开悟的玄机,外物只是般若法身的应相而已,并无意义。一个可以开悟的人看到黄花则因黄花开悟,如果他看到翠竹,也会因翠竹而开悟。不开悟的人,即使佛在面前,也是不识。

布袋和尚有诗说:

吾有一躯佛,世人皆不识。
不塑亦不装,不雕亦不刻。
无一滴灰泥,无一点彩色。
人画画不成,贼偷偷不得。
体相本自然,清净非拂拭。
虽然是一躯,分身千百亿。

这不是明明白白的心法吗？

我们看禅宗的历史，可以分几个阶段来看：

一、即心是佛禅——以达摩、慧可、僧朴、弘忍、惠能为代表。

二、超佛祖师禅——以南岳、怀让、青原、行思、希迁、道一、百丈、德山为代表。

三、越祖分灯禅——以临济、曹洞、沩仰、云门、法眼五宗，及黄龙、杨岐两派为代表，他们为了接引后学，用各种手段，乃至呵佛骂祖。

四、野狐口头禅——元明清后，禅宗衰落，只好参话头、提公案，变得软弱无力，如同平民做王惯了，一垮台，更穷得落底。

清朝以后，更不用说了，要不是有个虚云和尚与广钦和尚撑着，差不多交了白卷。

如今重读：

"这不是火吗？"

不禁感慨更深。

四　随

随　喜

在通化街入夜以后,常常有一位乞者,从阴暗的街巷中冒出来。

乞者的双腿齐根而断,他用包着厚厚棉布的手掌走路。他双手一撑,身子一顿就腾空而起,然后身体向一尺前的地方扑跌而去,用断腿处点地,挫了一下,双手再往前撑。

他一走路几乎是要惊动整条街的。

因为他在手腕的地方绑了一个小铝盆,那铝盆绑的位置太低了，他一"走路"，就打到地面咚咚作响，仿佛是在提醒过路的人，不要忘了把钱放在他的铝盆里面。

大部分人听到咚咚的铝盆声，俯身一望，看到时而浮起时而顿挫的身影，都会发出一声惊诧的叹息。但是，也是大部分的人，叹息一声，就抬头仿佛未曾看见什么似的走过去了。只有极少极少的人，怀着一种悲悯的神情，给他很少的布施。

人们的冷漠和他的铝盆声一样令人惊诧！不过，如果我们再仔细看看通化夜市，就知道再悲惨的形影，人们已经见惯了。短短的通化街，就有好几个行动不便、肢体残缺的人在卖奖券，有一位点油灯弹月琴的老人盲妇，一位头大如斗四肢萎缩瘫在木板上的孩子，一位软脚全身不停打摆的青年，一位口水像河流一般流淌的小女孩，还有好几位神志纷乱来回穿梭终夜胡言的人……这些景象，使人们因习惯了苦难而逐渐把慈悲盖在冷漠的一个角落。

那无腿的人是通化街里落难的乞者之一，不会引起特别的注意，因此他的铝盆常是空着的。他为了引起人们的注意，有时故意来回迅速地走动，一浮一顿，一顿一浮……有时候站在街边，听到那急促敲着地面的铝盆声，可以听见他心底多么悲切的渴盼。

辑一
心守清净看世界

他恒常戴着一顶斗笠，灰黑的，有几茎草片翻卷了起来。我们站着往下看，永远看不见他脸上的表情，只能看到那有些破败的斗笠。

有一次，我带孩子逛通化夜市，忍不住多放了一些钱在那游动的铝盆里，无腿者停了下来，孩子突然对我说："爸爸，这没有脚的伯伯笑了，在说谢谢！"这时我才发现孩子站着的身高正与无腿的人一般高，想是看见他的表情了。无腿者听见孩子的话，抬起头来看我，我才看清他的脸粗黑，整个被风霜淹渍，厚而僵硬，是长久没有使用过表情的那种。后来，他的眼睛和我的眼睛相遇，我看见了这一直在夜色中被淹没的眼睛，透射出一种温暖的光芒，仿佛在对我说话。

在那一刻，我几乎能体会到他的心情，这种心情使我有着悲痛与温柔交错的酸楚。然后他的铝盆又响了起来，向街的那头响过去，我的胸腔就随他顿挫顿浮的身影而摇晃起来。

我呆立在街边，想着，在某一个层次上，我们都是无脚的人，如果没有人与人之间的温暖与关爱，我们根本就没有力量走路。不管在任何时候任何地方，我们见到了令我们同情的人而行布施之时，我们等于在同情自己，同情我们生在这苦痛的人间，同情一切不能离苦的众生。倘若我们的布施使众生得一丝喜悦温暖之情，这布施不论多少就有了动人的质地，因为众生之喜就是我们之喜，所以佛教里把布施、供养称为"随喜"。

这随喜，有一种非凡之美，它不是同情，不是悲悯，而是因众生喜而喜，就好像在连绵的阴雨之间让我们看见一道精灿的彩虹升起，不知道阴雨中有彩虹的人就不会有随喜的心情。因为我们知道有彩虹，所以我们布施时应怀着感恩，不应稍有轻慢。

我想起经典上那伟大、充满了庄严的维摩诘居士，在一个动人的聚会里，有人供养他一些精美无比的璎珞，他把璎珞分成两份，一份供养难胜如来佛，一份布施给聚会里最卑下的乞者，然后他用一种威仪无匹的声音说："若施主等心施一最下乞人，犹如如来福田之相，无所分别，等于大悲，不求果报，是则名曰具足法施。"

他甚至警策地说，那些在我们身旁乞求的人，都是住于不可思议解脱菩萨境界的菩萨来示现的，他们是来考验我们的悲心与菩提心，使我们从世俗的沦落中超拔出来。我们若因乞求而布施来植福德，我们自己也只是个乞求的人；我们若看乞者也是菩萨，布施而怀恩，就更能使我们走出迷失的津渡。

我们布施时应怀着最深的感恩，感恩我们是布施者，而不是乞求的人；感恩那些秽陋残疾的人，使我们警醒，认清这是不完满的世界，我们也只是一个不完满的人。

"一切菩萨所修无量难行苦行，志求无上正等菩提，广大功德，我皆随喜。如是虚空界尽，众生界尽，众生业尽，众生烦恼尽，我此随喜，无有穷尽。"

我想，怀着同情、怀着悲悯，甚至怀着苦痛、怀着鄙夷来注视那些需要关爱的人，那不是随喜，唯有怀着感恩与菩提，使我们清和柔软，才是真随喜。

随 业

打开孩子的饼干盒子，在角落里看到一只蟑螂。

那蟑螂静静地伏在那里，一动也不动。我看着这只见到人不逃跑的蟑螂而感到惊诧的时候，突然看见蟑螂的前端裂了开来，探出一个纯白色的头与触须，接着，它用力挣扎着把身躯缓缓地蠕动出来，那么专心，那么努力，使我不敢惊动它，静静蹲下来观察它的举动。

这蟑螂显然是要从它破旧的躯壳中蜕变出来，它找到饼干盒的角落蜕壳，一定认为这是绝对的安全之地，不想被我偶然发现，不知道它的心里有多么心焦。可是再心焦也没有用，它仍然要按照一定的程序，先把头伸出，把脚小心地一只只拔出来，一共花了大约半小时的时间，蟑螂才完全从它的壳用力走出来，那最后一刻真是美，是石破天惊的，有一种纵跃的姿势。我几乎可以听见它喘息的声音，它也并不立刻逃走，只是用它的触须小心翼翼地探着新的空气、新的环境。

新出壳的蟑螂引起我的叹息，它是纯白的，几近于没有一丝杂质，它的身体有白玉一样半透明的精纯的光泽。这日常引起我们厌恨的蟑螂，如果我们把所有对蟑螂既有的观感全部摒除，我们可以说那蟑螂有着非凡的惊人之美，就如同草地上新蜕出的翠绿的草蝉一样。

当我看到被它蜕除的那污迹斑斑的旧壳，我觉得这初初钻出的白色小蟑螂也是干净的，对人没有一丝害处。对于这纯美干净的蟑螂，我们几乎难以下手去伤害它的生命。

后来，我养了那蟑螂一小段时间，眼见它从纯白变成灰色，再变成灰黑色，那是转瞬间的事了。随着蟑螂的成长，它慢慢地从安静的探触而成为鬼头鬼脑的样子，不安地在饼干盒里搔爬，一见到人或见到光，它就不安焦急地想要逃离那个盒子。

最后，我把它放走了，放走的那一天，它迅速从桌底穿过，往垃圾桶的方向遁去了。

接下来好几天，我每次看到德国种的小蟑螂，总是禁不住地想，到底这里面，哪一只是我曾看过它美丽的面目，被我养过的那只纯白的蟑螂呢？我无法分辨，也无须去分辨，因为在满地乱爬的蟑螂里，它们的长相都一样，它们的习气都一样，它们的命运也是非常类似的。

它们总是生活在阴暗的角落，害怕光明的照耀，它们或在阴沟或在垃圾堆里度过它们平凡而肮脏的一生。假如它们跑到人的家里，等待它们的是克蟑、毒药、杀虫剂，还有用它们的性费洛蒙做成来诱捕它们的蟑螂屋，以及随时踩下的巨脚，擎空打击的拖鞋，使它们在一击之下尸骨无存。

这样想来，生为蟑螂是非常可悲而值得同情的，它们是真正的"流浪生死，随业浮沉"，每一只蟑螂是从哪里来投生的呢？它们短暂地生死之后，又到哪里去流浪呢？它们随业力的流转到什么时候才会终结呢？为什么没有一只蟑螂能维持它初生时纯白、干净的美丽呢？

这无非都是业。

无非是一个不可知的背负。

我们拼命保护那些濒临绝种的美丽动物,那些动物还是绝种了。我们拼命创造各种方法来消灭蟑螂,蟑螂却从来没有减少,反而增加了。

这也是业,美丽的消失是业,丑陋的增加是业,我们如何才能从业里超拔出来呢?从蟑螂身上,我们也看出了某种人生。

随　顺

在和平西路与重庆南路交口的地方,每天都有卖玉兰花的人,不只在天气晴和的日子,他们出来卖玉兰花,有时是大风雨的日子,他们也来卖玉兰花。

卖玉兰花的人里,有两位中年妇女,一胖一瘦;有一位消瘦肤黑的男子,怀中抱着幼儿;有两个小小的女孩,一个十岁,一个八岁;偶尔会有一位背有点弯的老先生和一位白发苍苍的老妇,也加入贩卖的阵容。

如果在一起卖的人多,他们就和谐地沿着罗斯福路、新生南路步行扩散,所以有时候沿着和平东西路走,会发现在复兴南路口、建国南路口、新生南路口、罗斯福路口、重庆南路口都是几张熟悉的脸孔。

卖花的不管是老人还是孩子，他们都非常和气，端着用湿布盖好以免玉兰枯萎的木盘子从面前走过，开车的人一摇手，他们绝不会有任何的嗔怒之意。如果把车窗摇下，他们会赶忙站到窗口，送进一缕香气来。在绿灯亮起的时候，他们就站在分界的安全岛上，耐心等候下一次红灯。

我自己就是交通专家所诅咒的那些姑息着卖玉兰花的人之一，不管是在什么样的路口，遇到任何卖玉兰花的人，我总是忘了交通安全的教训，买几串玉兰花，买到后来，竟认识了罗斯福路、重庆南路口几位卖玉兰花的人。

买玉兰花时，我不是在买那些清新怡人的花香，而是买那生活里辛酸苦痛的气息。

每回看到卖花的人，站在烈日下默默拭汗，我就忆起我的童年时代为了几毛钱在烈日下卖枝仔冰，在冷风里卖枣子糖的过去。在心里，我可以贴近他们心中的渴盼，虽然他们只是微笑着挨近车窗，但在心底，是多么希望，有人摇下车窗，买一串花。这关系着人间温情的一串花才卖十元，是多么便宜，但便宜的东西并不一定廉价，在冷气车里坐着的人，能不能理解呢？

几个卖花的人告诉我,最常向他们买花的是出租车司机,大概是出租车司机最能理解辛劳奔波的生活是什么滋味,他们对街中卖花者遂有了最深刻的同情。其次是开小车子的人。最难卖的对象是开着豪华进口车,车窗是黑色的人,他们高贵的脸一看到玉兰花贩走近,就冷漠地别过头去。

有时候,人间的温暖和钱是没有关系的,我们在烈日焚烧的街头动了不忍之念,多花十元买一串花,有时在意义上胜过富者为了表演慈悲、微笑照相登上报纸的百万捐输。

不忍?

是的,我买玉兰花时就是不忍看人站在大太阳下讨生活,他们为了激起人的不忍,有时把婴儿也背了出来,有人批评他们把孩子背到街上讨取人的同情是不对的。可是我这样想:当妈妈出来卖玉兰花时,孩子要交给保姆或用人吗?当我们为烈日曝晒而心疼那个孩子,难道他的母亲不痛心吗?

遇到有孩子的,我们多买一串玉兰花吧!不要问什么理由。

我是这样深信:站在街头的这一群沉默卖花的人,他们如果有更好的事做,是绝对不会到街上来卖花的。

设身处地地为苦恼的人着想,平等地对待他们,这就是"随顺"。我们顺着人的苦难来满他们的愿,用更大的慈和的心情让他们不要在窗口空手离去,那不是说我们微薄的钱真能带给卖花的人什么利益,而是说我们因有这慈爱的随顺,使我们的心更澄澈、更柔软,洗涤了我们的污秽。

"一切众生而为树根,诸佛菩萨而为华果,以大悲水饶益众生,则能成就诸佛菩萨智慧华果。"

我买玉兰花的时候,感觉上,是买一瓣心香。

随　缘

有一位朋友,她养了一条土狗,狗因左后脚被车子碾过,成了瘸子。

朋友是在街边看到这条小狗的,那时小狗又脏又臭,在垃圾堆里捡拾食物。朋友是个慈悲的人,就把它捡了回来,按照北方习俗,名字越俗贱的孩子越容易养,朋友就把那条小狗正式命名为"小瘸子"。

小瘸子原是人见人恶的街狗,到朋友家以后就显露出它如金玉的一些美质。它原来是一条温柔、听话、干净、善解人意的小狗,只是因为生活在垃圾堆,它的美丽一直未被发现吧。

它的外表除了有一点土，其实也是不错的，它的瘸，到后来反而是惹人喜爱的一个特点，因为它不像平凡的狗乱纵乱跳，倒像一个温顺的孩子，总是优雅地跟随它美丽的女主人散步。

朋友对待小瘸子也像对待孩子一般，爱护有加，由于她对一条瘸狗的疼爱，街间中的孩子都唤她"小瘸子的妈妈"。

小瘸子的妈妈爱狗，不仅孩子知道，连狗们也知道。她有时在外面散步，巷子里的狗都跑来跟随她，并且用力地摇尾巴，到后来竟成为一种极为特殊的景观。

小瘸子慢慢长大，成为人见人爱的狗，天天都有孩子专诚跑来带它去玩，天黑的时候再带回来。由于爱心，小瘸子竟成为巷子里最得宠的狗，任何名种狗都不能和它相比。也因为它的得宠，有人以为它身价不凡。一天夜里，小瘸子被抱走了，朋友和她的小女儿伤心得就像失去一个孩子，巷子里的孩子也惘然失去最好的玩伴。

两年以后，朋友在永和一家小面摊子上认到了小瘸子，它又回复了在垃圾堆的日子，守候在桌旁捡拾人们吃剩的肉骨。

小瘸子立即认出它的旧主人，人狗相见，忍不住相对落泪，那小瘸子流下的眼泪竟滴到地上。

朋友把小瘸子带回家，整条巷子因为小瘸子的到来而充满了喜庆的气息。这两年间小瘸子的遭遇是不问可知的,一定受过不少折磨,但它回家后又恢复了往日的神采。过不久,小瘸子生了一窝小狗,生下的那天就全被预约了,被巷子里甚至远道来的孩子所领养。

做过母亲的小瘸子比以前更乖巧而安静了,有一次我和朋友去买花,它静静跟在后面,不肯回家,朋友对它说了许多哄小孩一样的话,它才脉脉含情地转身离去。从那一次以后,我再也没有看过小瘸子了,它是被偷走了呢,还是自己离家而去,或是被捕狗队的人所逮捕,没有人知道。

朋友当然非常伤心,却不知道在什么时候什么地点可以再与小瘸子会面。朋友与小瘸子的缘分又是怎么来的呢?是随着前世的因缘,或是开始在今生的会面?

一切都未可知。

但我的朋友坚信有一天能与小瘸子再度相逢,她美丽的眼睛望着远方说:"人家都说随缘,我相信缘是随愿而生的,有愿就会有缘,没有愿望,就是有缘的人也会错身而过。"

黄昏菩提

我欢喜黄昏的时候在红砖道上散步，因为不管什么天气，黄昏的光总让人感到特别安静，能较深刻省思自己与城市共同的心灵。但那种安静只是心情的，只是心情一离开或者木棉或者杜鹃或者菩提树，一回头，人声车声哗然醒来，那时候就能感受到城市某些令人忧心的质量。

这种质量使我们在吵闹的车流里，有一种难以言喻的寂寞；在奔逐的人群与闪亮的霓虹灯里，我们更深地体会了孤独；在美丽的玻璃帷幕明亮的反光中，看清了这个大城冷漠的质地。

居住在这个大城，我时常思索着怎样来注视这个城，怎样找到它的美，或者风情，或者温柔，或者什么都可以。

有一天我散步累了，坐在建国南路口，就看见这样的场景，疾驰的摩托车撞上左转的货车，因挤压而碎裂的铁与玻璃，和着人体撕伤的血泪，正好喷溅在我最喜欢的一小片金盏花的花圃上。然后刺耳的警笛与救护车，尖叫与围拢的人群，堵塞与叫骂的司机……好像一团碎铁屑，因磁铁碾过而改变了方向，纷乱骚动着。

对街那头并未受到影响，公交站牌下等候的人正与公交车司机大声叫骂。一个气喘咻咻的女人正跑步追赶着即将开动的公交车。小学生的纠察队正鸣笛制止一个中年人挤进他们的队伍。头发竖立如松的少年正对不肯停的出租车吐口水。穿西装的绅士正焦躁地把烟蒂猛然踩扁在脚下。

这许多急促的喘着气的画面，几乎难以相信是发生在一个可以非常美丽的黄昏。

惊疑、焦虑、匆忙、混乱的人，虽然具有都市人的性格，生活在都市，却永远见不到都市之美。

更糟的是无知。

有一次在花市，举办着花卉大餐，人与人互相压挤践踏，只是为了抢食刚剥下的玫瑰花瓣，或者涂着沙拉酱的兰花。被抢得最厉害的，是一种放着新鲜花瓣的红茶，我看到那粉红色的花瓣被放进热气蒸腾的茶水，瞬间就萎缩了，然后沉落到杯底。我想，那抢着喝这杯茶的人不正是那一瓣花瓣吗？花市正是滚烫的茶水，它使花的美丽沉落，使人的美丽萎缩。

我从人缝穿出，看到五尺外的安全岛上，澎湖品种的天人菊独自开放着——以一种卓绝的不可藐视的风姿。这种风姿自然是食花的人群所不可知的。天人菊名声比不上玫瑰，滋味可能也比不上，但它悠闲不为人知的风情，却使它的美丽有了不受摧折的生命。

悠闲不为人知的风情，是这个都市最难能的风情。有一次参加一个紧张的会议，会议上正纷纭地揣测着消费者的性别、年龄、习惯与爱好：什么样的商品是十五岁到二十五岁的人所要的？什么样的信息最适合这个城市的青年？什么样的颜色最能激起购买欲？什么样的抽奖与赠送最能使消费者盲目？

而用什么形式推出才是我们的卖点和消费者情不自禁的买点。

后来，会议陷入了长长的沉默，灼热的烟雾弥漫在空调不敷应用的会议室里。

我绕过狭长的会议桌，走到长长的只有一面窗的走廊透气，从十四层的高楼俯视,看到阳光正以优美的波长,投射在春天的菩提树上,反射出一种娇嫩的生命之骚动,我便临时决定不再参加会议。下了楼,轻轻踩在红砖路上,听着欢跃欲歌的树叶长大的声音,细微几至不可听见。回头,正看到高楼会议室的灯光亮起,大家继续做着灵魂烧灼的游戏,那种燃烧使人处在半疯的状态,而结论却是必然的:没有人敢确定现代的消费者需要什么。

我也不敢确定,但我可以确定的是,现代人更需要诚恳的、关心的沟通,有情的、安定的信息。就像如果我是春天这一排被局限在安全岛的菩提树,任何有情与温暖的注视,都将使我怀着感恩的心情。

生活在这样的都市里,我们都是菩提树,拥有的土地虽少,勉力抬头仍可看见广大的天空;我们虽有常在会议桌上被讨论的共相,可是我们每时每刻的美丽变化却不为人知。"一棵树需要什么呢?"园艺专家在电视上说,"阳光、空气和水而已,还有一点点关心。"

活在都市的人也一样吧!除了食物与工作,只是渴求着明澈的阳光、新鲜的空气、不被污染的水,以及一点点有良知的关心。

"会议的结果怎么样？"第二天我问一起开会的人。

"销售会议永远不会有正确的结论，因为没有人真正了解十五岁到二十五岁现代都市人的共同想法。"

如果有人说：我是你们真正需要的！

那人不一定真正知道我们的需要。

有一次在仁爱国小的操场政见台上，连续听到五个人说："我是你们真正需要的。"那样高亢的呼声带着喝彩与掌声如烟火在空中散放。我走出来，看见安和路上黑夜的榕树，感觉是那样沉默、那样矮小，忍不住问它："你真正的需要是什么呢？"

我们其实像那沉默的榕树一样渺小，最需要的是自在地活着，走路时不必担心亡命的来车，呼吸时能品到空气的香甜，搭公交车时不失去人的尊严，在深夜的黑巷中散步也能和陌生人微笑招呼，时常听到这个社会的良知正在觉醒，也就够了。

我更关心的不是我们需要什么，而是青年究竟需要什么。十五岁到二十五岁的人，难道没有一个清楚的理想，让我们在思索推论里知悉吗？

我们关心的都市新人种，他们耳朵罩着随身听，过大的衬衫放在裤外，即使好天他们也罩一件长到小腿的黑色神秘风衣。

少女们则全身燃烧着颜色一样，黄绿色的发，红蓝色的衣服，黑白的鞋子，当他们打着拍子从我面前走过时，我想起童话里跟随王子去解救公主的人物。

新人种的女孩，就像敦化南路圆环的花圃上，突然长出一株不可辨认的春花，它没有名字，色彩怪异，却开在时代的风里。男孩们则是忠孝东路刚刚修剪过的路树，又冒出了不规则的枝丫，轻轻地反抗着剪刀。

最流行的杂志上说，那彩色的太阳眼镜是"燃烧的气息"，那长短不一染成红色的头发是"不可忽视的风格之美"，那一只红一只绿的布鞋是"青春的两个眼睛"，那过于巨大不合身的衣服是"把世界的伤口包扎起来"，而那些新品种的都市人则被说成"青春与时代的领航者"。

这些领航的大孩子，走在五线谱的音符上，走在调色盘的颜料上，走在电影院的广告牌上，走在虚空的玫瑰花瓣上。他们连走路的姿势，都与我年轻的时代不同了。

我的青年时代，曾经跪下来嗅闻泥土的芳香，因为那芳香而落泪；曾经热烈争辩国族该走的方向，因为那方向而忧心难眠；曾经用生命的热血与抱负写下慷慨悲壮的诗歌，因为那诗歌燃起火把互相传递。曾经，曾经都已是昨日，而昨日是西风中凋零的碧树。

"你说你们那一代忧国忧民，有理想有抱负，我请问你，你们到底做了什么了不起的大事？"一位西门町的少年这样问我。

我们到底做了什么了不起的大事？拿这个问题问飘过的风，得不到任何回声；问路过的树，没有一棵摇曳；问满天的星，天空里有墨黑的答案。这是多么可惊的问题，我们这些自谓有理想有抱负忧国忧民的中年，只成为黄昏时稳重散步的都市人，那些不知道有明天而在街头热舞的少年，则是半跑半跳的都市人，这中间有什么差别呢？

有一次，我在延吉街花市，从一位年老的花贩口里找到一些答案，他说：

"有些种子要做肥料，有些种子要做泥土，有一些种子是天生就要开美丽的花。"

农人用犁耙翻开土地，覆盖了地上生长多年的草，草很快成为土地的一部分。然后，农人在地上撒一把新品种的玫瑰花种子，那种子抽芽发茎，开出最美的璀璨之花。可是没有一朵玫瑰花知道，它身上流着小草的忧伤之血，也没有一朵玫瑰记得，它的开放是小草舍身的结晶。

我们这一代没有做过什么大事，我们没有任何功勋给青年颂歌，就像曾经在风中生长，在地底怀着热血，在大水来时挺立，在干旱的冬季等待春天，在黑暗的野地里仰望明亮的星，一株卑微的小草一样，这算什么功勋呢？土地上任何一株小草不都是这样活着的吗？

所以，我们不必苛责少年，他们是天生就来开美丽的花，我们半生所追求的不也就是那样吗？无忧地快乐地活着。我们的现代是他们的古典，他们的朋克何尝不是明天的古典呢？且让我们维持一种平静的心情，欣赏这些天生的花吧！

光是站在旁边欣赏，好像也缺少一些东西。有一次散步时看到工人正在仁爱路种树，他们先把路树种在水泥盆子里，再把盆子埋入土中。为什么不直接种到土里呢？我疑惑着。

工人说："用盆子是为了限制树的发展，免得树根太深，破坏了道路、水管和地下电缆；也免得树长太高，破坏了电线和景观。"

原来，这是都市路树的真相，也是都市青年的真相。

我们是风沙的中年，不能给温室的少年指出道路，就像草原的树没有资格告诉路树，应该如何往下扎根、往上生长。路树虽然被限制了根茎，但自有自己的风姿。

那样的心情，正如同一个晚秋的清晨，我发现路边的马缨丹结满了晶莹露珠，透明没有一丝杂质的露珠停在深绿的叶脉上。那露水，令我深深感动，不只是感动那种美，而是惊奇于都市的花草也能在清晨有这样清明的露。

那么，我们对都市风格、人民质量的忧心是不是过度了呢？

都市的树也是树，都市人仍然是人。

凡是树，就会努力生长；凡是人，就不会无端堕落。

凡是人，就会有人的温暖；凡是树，就会有树的风姿。

树的风姿，最美的是敦化南北路上的枫香树吧！在路边的咖啡屋叫一杯上好的咖啡，从明亮的落地窗望出去，深深感到那些安全岛上的枫香树，风情一点也不比香榭丽舍大道的典雅逊色，虽然空气是脏了一点，交通是乱了一点，喇叭与哨子是吵了一点，但枫香树是多么可贵，犹自那样青翠、那样宁谧、那样深情，甚至有那样一种不可言说的傲骨，不肯为日渐败坏的环境屈身。

尤其是黄昏时分，阳光的金粉一束束从叶梢间穿过，落在满地的小草上，有时目光随阳光移动，还可以看到酢浆草新开的紫色小花，嫩黄色的小蛱蝶在花上飞舞，如果我们用画框框住，就是印象派中最美丽的光影了。可惜有很多人在都市生活了一辈子，总是匆忙地走来走去，从来没有看过这种美。

枫香之美、都市人之质量、都市之每株路树，虽各有各的风情，但其实都是渺小的。有一回我登上郊外的山，反观这黄昏的都城，发现它被四面的山手拉手环抱着，温柔的夕阳抚触着城市的每一个角落，天边朗朗升起万道金霞。这时，一棵棵树不见了，一个个人也不见了，只看到互相拥抱的楼宇、互相缠绵的道路。城市，在那一刻，成为坐着沉思的人，它的污染拥挤脏乱都不见了，只留下繁华落尽的一种清明壮大庄严之美。

回望我所居的城市，这座平常使我因烦厌而去寻找细部之美的城，当时竟陪我跨越尘沙，照见了一些真实的大块的面目。那一天我在山顶上坐到辉煌的灯火为城市戴上光环才下山，下山时还感觉到美正一分一分地升起。

我们如果能回到自我心灵真正的明净，就能拂拭蒙尘的外表，接近更美丽单纯的内里，面对自己是这样，面对一座城市时不也是这样吗？清晨时分，我们在路上遇到全然陌生的人，互相点头微笑，那时我们的心是多么清明温情呀！我们的明净可以洗清互相的冷漠与污染，同时也可以洗涤整个城市。

如果我们的心足够明净，还会发现太阳离我们很近，月亮离我们很近，星星与路灯都放着光明，簇拥我们前行。

> 心美，
> 一切皆美

就像有一天我在仁爱路的菩提树上，发现了一个小红蚂蚁的窝，它们缓缓在春天的菩提枝丫上爬动，充满了生命清新的力量，正伸出触角迎接经过漫长阴雨之后都城的新春。

对我们来说，那乱车奔驰的路侧，是不适于生存甚至不适宜站立的；可是对菩提树来说，它们努力站立，长出干净的新绿；对小红蚂蚁来说，它们自在生存，欣然迎接早春。我们都是一样，是默默不为人知，在都市的脉搏里流动的一丝清明之血。

从有蚂蚁窝的菩提树荫走到阳光浪漫的黄昏，我深深地震动了，觉得在乡村生活的人是生命的自然，而在都市里生活的人，更需要一些古典的心情、温柔的心情，一些经过污染还能沉静的智慧。这株黄昏的菩提树，树中的小蚂蚁，不是与我一起在通过污染，面对自己古典、温柔、沉静的心情吗？

黄昏时，那一轮金橙色的夕阳离我们极远极远，但我们一发出智慧的声音，他就会安静地挂在树梢上，俯身来听，然后我感觉，夕阳只是个纯真的孩子，他永远不受城市的染着，他的清明需要一些赞美。

每天我走完了黄昏的散步，将归家的时候，我就怀着感恩的心情摸摸夕阳的头发，说一些赞美与感激的话。

感恩这人世的缺憾，使我们警醒不至于堕落。

感恩这都市的污染，使我们有追求明净的智慧。

感恩那些看似无知的花树，使我们深刻地认清自我。

最大的感恩是，我们生而为有情的人，不是无情的东西，使我们能凭借情的温暖，走出或冷漠或混乱或肮脏或匆忙或无知的津渡，找到源源不绝的生命之泉。

听完感恩与赞美，夕阳就点点头，躲到群山背面，只留下满天羞红的双颊。

学看花

现代通家南怀瑾居士,有一次谈到他少年时代,一心想学剑的故事。

他听说杭州西湖城隍山有一个道人是剑仙,就千里迢迢跑去求道学剑,经过很多次拜访,才见到那位仙风道骨的老人。老人先是不承认有道,更不承认是剑仙,后来禁不起恳求,才对南先生说:"欲要学剑,先回家去练手腕劈刺一百天,练好后再在一间黑屋中,点一支香,用手执剑以腕力将香劈成两片,香头不熄,然后再……"

老人说了许多学剑的方法,南先生听了吓一跳,心想劈一辈子也不一定能学会剑,更别说当剑仙了,只好向老人表示放弃不学。这时,老人反过来问他:"会不会看花?"

"当然会看。"南先生答曰。心想,这不是多此一问吗?

"不然。"老人说,"普通人看花,聚精会神,将自己的精气神,都倾斜到花上去了;会看花的人,只是半觑着眼,似似乎乎的,反将花的精气神,吸收到自己身中来了。"

南先生从此悟到,一个人看花正如庄子所说"与天地精神相往来"。不只是看花,乃至看树、看草、看虚无的天空,甚至看一堆牛粪,不都是借以接到天地间的光能?会不会看花,关键不在看什么,而在于怎么看。

所以,南先生常对跟他学道的人说:先学看花吧!

南先生所说的"学看花"和禅宗行者所说的"瓦砾堆里有无上法"意思是很相近的,也很像学佛的人所说的"细行",就是生活中细小的行止。如果在细行上有所悟,就能成其大;如果一个人细行完全,则动行举止都能处在定境。因此,细行对学佛的人是非常重要的,民初禅宗高僧来果禅师就说:"我人由一念不觉,才有无明,无明只行细行,未入名色。今既复本细行,是知心源不远……他人参禅难进步,细行人初参即进步。"

我们常说修习菩萨道，要注意"三千威仪，八万细行"，就是指对生活的一切小事都不可空忽，应该知道一切的语默动静都有深切的意义。

顾全细行，究竟有什么意义呢？

从前，佛陀在世的时候，有一天到忉利天宫，帝释（俗称玉皇大帝）设宴供养，佛陀即把帝释也化成佛的形相，佛陀的弟子目犍连、舍利弗、迦叶、须菩提等人随后到了忉利天宫，看到两个佛陀坐在里面，不知道哪一位才是佛陀，难以向前问礼，目犍连尊者心惊毛竖，赶紧飞身到梵天上，也分不清哪一个是佛，又远飞九百九十恒河沙佛土之外，还是分不清。（因为佛法身大于帝释，理论上应该从远处即可分清。）

目犍连尊者急忙又飞身回来，找舍利弗商量要怎么办。舍利弗说："诸罗汉请看，座上哪个有细行？眼睛不乱翻，即世尊。"

佛陀的弟子这时才从细行分出真假佛陀，齐向佛前问礼，佛陀对他们说："神通不如智慧，目犍连粗心，不如舍利弗细行。"（按，目犍连是佛弟子中神通第一，舍利弗则是智慧第一。）佛陀的意思是，智慧是从细行中生出的，只有细行的人才能观到最细微深刻的事物。

细行，包括行、住、坐、卧、言语、行事、威仪等一切生活的细微末节。来果禅师就说一个人能细行,到最微细处,能听到蚂蚁喊救命而前去救护,他曾说到自己的经验:"余一日睡广单(通铺),闻声哭喊,下单寻觅,见无脚虱子,在地乱碰乱滚。"心如果能细致到这步田地,还有什么不能办呢?

民初律宗高僧弘一大师,是南山律宗的传人,持戒最为精严,平时走路都怕踩到虫蚁,因此常目视地上而行。弘一大师的事迹大家在《弘一大师年谱》《弘一大师传》中都很熟悉,但有一件事是大家不知道的:

弘一大师晚年受至友夏丏尊先生之托,为开明书店书写字典的铜模字体,已经写了一千多字,后来不得不停止,停止的原因,弘一大师在写给夏丏尊的信中曾详细述及,最重要的一个原因,他写道:"去年应允此事之时,未经详细考虑,今既书写之时,乃知其中有种种之字,为出家人书写甚不合宜者。如刀部中残酷凶恶之字甚多,又女部中更不堪言,尸部中更有极秽之字。余殊不愿执笔书写。"最后,弘一大师无可奈何地写道:"余素重然诺,绝不愿食言,今此事实有不得已之种种苦衷,务乞仁者向开明主人之前代为求其宽恕谅解,至为感祷。"

我读《弘一大师书简》到这一段时,曾合书三叹,这是极精微的细行,光是书写秽陋的字就觉得污染了自己的身心。我近年来也颇有这样的体会，我们靠文字吃饭的人，读到弘一大师的这段话，能不惭愧忏悔吗？

当然，我们凡夫要做到高僧一样的细行，非常困难，不过从世俗的观点看来，要使自己的人格身心健全，细行仍然是必要的，怎么样学细行呢？

先学看花！再学看牛粪！

学看花固然是不因花香花美而贪着，学看牛粪则也不因粪臭粪恶而被转动，这样细行才守得住。正是佛陀在《杂阿含经》中说的："诸所有色，若过去若未来若现在，若内若外，若粗若细，若好若丑，若远若近，彼一切非我，非我所，如实观察。受想行识，亦复如是……如是观察，于诸世间都无所取，无所取故无所着；无所着故自觉涅槃。"

佛经里常以莲花喻人，若我们以细行观莲花，一朵莲花的香不是花瓣香，或花蕊香，或花茎香，或花根香，而是整株花都香，如果莲花上有一部分是臭秽的，就不能开出清净香洁的莲花了。此所以有人把戒德称为"戒香"，一个人只有在小节小行上守清规，才能放出人格的馨香，注意规范的本身就是一种香洁的行为。

会看花的人，就会看云、看月、看星辰，并且在人世的一切中看到智慧。

"会看"就要先有细致的心,细致的心从细行开始,细行犹如划起一支火柴,细致的心犹如被点燃的火炬,火炬不管走进多么黑暗的地方,非但不和黑暗同其黑暗,反而能照破黑暗,带来光明!火炬不但为自己独自照亮,也可以分燃给别人,让别人也有火炬,也照亮黑暗。

此所以莲花能出污泥而不染。

此所以仁者能处浊世而不着。

细行能成万法,所以不能小看看花,不能明知而走错一步,万一走错了要赶紧忏悔回头,就像花谢还会再开!就像把坏的枝芽剪去,是为了开最美的花。

那么,让我们走进花园,学看花吧!

牡丹也者

温莎公爵夫人过世的那一天，正巧是台北故宫博物院至善园展出牡丹的第一天。

真是令人感叹的巧合，温莎公爵夫人是本世纪最动人的爱情故事的主角，而牡丹恰是中国历史上被认为最动人的花。一百盆"花中之后"在春天的艳阳中开放，而一朵伟大的"爱情之花"却在和煦的微风中凋谢了。

我们赶着到外双溪去看牡丹，在人潮中的牡丹显得多么脆弱呀！因为人群中蒸腾的浊气竟使它们提前凋谢了，保护牡丹的冰块被放置在花盆四周，平衡了人群的热气。

好不容易拨开人群，冲到牡丹面前，许多人都会发出一声叹息：终于看到了一直向往着的牡丹花！接下来则未免怏怏：牡丹花也像芙蓉花、大理菊一样，不过如此，真是一见不如百闻呀！在回程的路上，不免兴起一些感慨，我们心中所存在的一些美好的想象，有时候禁不起真实的面对，这种面对碎裂了我们的美好与想象。

我不是这一次才见到牡丹的，记得两年前在日本旅行，朋友约我到东京郊外看牡丹花展，那一夜差一点令我在劳顿的旅次中也为之失眠，心里一直梦想着从唐朝以来一再点燃诗人艺术家美感经验的帝王之花的姿容。自然，我对牡丹不是那么陌生的，我曾在无数的扇面、册页、巨作中见过画家最细腻翔实的描绘，也在无数的诗歌里看到过那红艳凝香的侧影，可是如今要去看活生生开放着的牡丹花，心潮也不免为之荡漾。

在日本看到牡丹的那一刻，可以说是失望的，那种失望并不是因为牡丹不美，牡丹还是不愧于"帝王之花""花中之后"的称号，有非常之美，但是距离我们心灵所期待的美丽还是不及的。而且，牡丹一直是中国人富贵与吉祥的象征，富贵与吉祥虽好，多少却带着俗气。

看完牡丹，我在日本花园的宁静池畔坐下，陷进了沉思：

是我出了问题,还是牡丹出了问题?为什么人人说美的牡丹,在我的眼中也不过是普通的花呢?

牡丹还是牡丹,唐朝在长安是如此,现代在东京也仍然如此,问题是出在我自己身上,因为历史上我所喜爱的诗人、画家,透过他们的笔才使我在印象里为牡丹铸造了一幅过度美丽的图像,也因为我生长在台湾,无缘见识牡丹,把自己的乡愁也加倍地放在牡丹艳红的花瓣上。

假如牡丹从来没有经过歌颂,我会怎样看牡丹呢?

假如我家的院子里,也种了几株牡丹呢?

我想,牡丹也将如我所种的菊花、玫瑰、水仙一样,不只是美丽,还是可以欣赏的一种花吧!

我怀着落寞的心情离开了日本的花园,在参天的松树林间感觉到一种看花从未有过的寂寞。

唯一使我深受震动的,是在花园的说明书里,我看到那最美的几种牡丹是中国的品种,是在唐宋以后陆续传种到日本的。春天的时候,日本到处都开着中国牡丹,反倒是居住在中国南方的汉人有一些终生未能与牡丹谋上一面。

花园边零售的摊位上,有贩售牡丹种子的小贩,种子以小袋包装,我的日本朋友一直鼓舞我买一些种子回来播种,我挑了几品中国牡丹的种子回来,却没有一粒种子在我的花盆中生芽。

这一次在台北故宫博物院至善园看牡丹花展,识得牡丹的朋友却告诉我:"这些牡丹是日本种,从日本引进种植成功的。"

"日本种不就是中国种吗?"我问。

"最原始的品种当然还是中国种,可是日本人非常重视牡丹,他们改良了品种,增加了花色,中国种比较起来就有一些逊色了。"

这倒真是始料未及的事,日本人以中国的品种为好,我们倒以日本的品种为好了。那些无知的牡丹,几乎不知道自己是哪里的品种,只要控制了气温与环境,它就欣悦地开放。对于中国的牡丹,这一段奇异的路真是不可知的旅程呀!

东京看牡丹,台北看牡丹,有一种心情是相同的,即牡丹虽好,有种种不同的高贵的名字,也只是一种花而已。要说花,我们自己亲手所种植,长在普通花泥花盆里的花,才是最值得珍惜的,虽无掀天身价,但到底是我们自己的花。

从至善园回来,我在阳台上浇花,看到自己种的一盆麒麟草,因为春光,在尾端开出一些淡红的小花,一点也不稀奇,摆在路上也不会引人驻足,但它真是美,比我所看见的牡丹毫不逊色。

心美，
一切皆美

因为在那么小的花里，有我们的心血，有我们的关怀，以及我们的爱。

温莎公爵与夫人也是如此，一宗曾使全世界的恋人为之落泪动容的爱情，从我们年幼的时候，就飘荡在我们的胸腔之中，然后我们立下了这样的志向：如果我右手有江山，左手有美人，我也要放下右手的江山来拥抱左手的美人。

可是志向只是志向，我们不可能同时拥有江山与美人，要是有，可能也放不下，连一代枭雄拿破仑都办不到，他只留在"醉卧美人膝，醒掌天下权"的境界。

一般人为爱情做小小的牺牲都难以办到，何况是舍弃江山去追求爱情呢？

试想当年，风度翩翩的威尔士王子，准备继承他父亲乔治五世的王位成为爱德华八世，加上他容貌出众，干练而有理想，是那个时代全世界最受少女仰慕的王子，以他的风采与地位，要找一位最美丽、最杰出、最聪明的妻子，简直是易如反掌。

他应该拥有最好、最美的一朵牡丹，这也是全英国的期望。

可是他喜欢的不是牡丹。

他爱上了一个离过婚的有夫之妇——辛普森夫人。

辛普森夫人本名华里丝，当年三十四岁，是伦敦商人恩尼斯特的太太,既不年轻也不貌美,既不富裕又没有受过良好教育,她的身体也不健康,胃病时时发作。在二十世纪三十年代英国人民的眼中,辛普森夫人简直一无是处,偏偏他们的国王爱上了这个女子。

那种心情是可以想见的,就如同我们有一园子盛开的牡丹,请朋友来观赏,朋友在园子里绕了半天却说:花园角落里那一株紫色的酢浆草开得真是美。

华里丝就像那株紫色酢浆草,而且还不是初开的,已经是第三次开放。

后来,爱德华八世如何为了华里丝,不惜与首相闹翻,放弃江山,是大家都知道的故事,也成为这个冷漠无情的世纪里,一个真实动人的爱情典范。

我并不想评述这段爱情,我有兴趣的是,人人都说牡丹好,如果我们觉得牡丹的美不如朱槿花,为什么不勇敢地说出来呢?或者说当我们面对爱情的试炼之时,是不是能打开一切条件的外貌,去触及真实本然的面目呢?是不是能把物质的一切放在一边,做心灵真正的面对呢?

这个世界,许多女人都拥有钻石、珠宝、貂皮大衣,但是真正觉得钻石、珠宝、貂皮大衣是美丽的女人极少,绝大部分是只知道它的价钱。

我们在钻石的光芒中找到的美不一定是纯粹的美,我们在海边无意拾获的贝壳之美才是纯粹的美。我们在标价百万的兰花上看到的美不一定是真实的美,我们在路边无意中看见的油菜花随风翻飞才是真实的美。

爱与牡丹也是如此。

爱德华八世和辛普森夫人的爱不一定是纯粹与真实的美,只有还原到大卫与华里丝,才有了纯粹与真实之美。

牡丹如果是放在花盆里用冰块冰着,供给众人瞥看一眼,不是真美;只有还原到大地上,与众花同在,从土地生发,才是真美。

我们不必欣羡爱德华八世与辛普森夫人,我们只要珍惜自己拥有的小小的爱就够了。我们的爱虽平凡渺小,但即使有人送我江山,也是不可更换的。爱之伟大无如我者,小小江山何足道哉!

我们也不必欣羡牡丹,我们只要宝爱自己所拥有的菊花、玫瑰、蔷薇、茉莉乃至鸡冠花、鸡屎菊也就是了。在这个大地上,繁花锦绣无不是美,我对美的见识如此壮大,小小牡丹何足道哉!

把帝王之花还给帝王。

把花中之后还给皇后。

我只把最真实、最纯朴、最能与我的美感或爱情相呼吸的留给我自己，我自己就是江山，我自己就是一个具足的宇宙。

梅　香

一个有钱的富人，正在家院的花园里赏梅花。

那是冬日寒冷的清晨，艳红的梅花正以最美丽的姿容吐露，富人颇为自己的花园里能开出这样美丽的梅花，感到无比快慰。

突然，门外传来敲门的声音，富人去开了门，发现是一个衣衫褴褛的乞丐，在寒风里冻得直打抖。那乞丐已在这开满梅花的园外冻了一夜，他说："先生，行行好，可不可以给我一点东西吃？"

富人请乞丐在园门口稍稍等候，转身进入厨房，端来一碗热腾腾的饭菜，他布施给乞丐的时候，乞丐忽然说："先生，您家里的梅花,真是非常芳香呀!"说完,转身走了出去。

富人呆立在那里,感到非常震惊,他震惊的是,穷人也会赏梅花吗?这是自己从来不知道的。另一个让他震惊的是,花园里种了几十年的梅花,为什么自己从来没有闻过梅花的芳香呢?

于是,他小心翼翼地,以一种庄严的心情,深怕惊动梅香似的悄悄走近梅花,他终于闻到了梅花那含蓄的、清澈的、澄明无比的芬芳,然后他濡湿了眼睛,流下了感动的泪水——为了自己第一次闻到了梅花的芳香。

是的,乞丐也能赏梅花,乞丐也能闻到梅花的香气,有的乞丐甚至在极饥饿的情况下,还能闻到梅花清明的气息。可见得,好的物质条件不一定能使人成为有品位的人,而坏的物质条件也不会遮蔽人精神的清明。一个人没有钱是值得同情的,一个人一生都不知道梅花的香气一样值得悲悯。

一个人的质量其实与梅香相似,是无形的,是一种气息。我们如果光是赏花的外形,就很难知道梅花有极淡的清香;我们如果不能细心地体贴,也难以品味到一个人隐在内部的人格的香气。

最可叹惜的是,很少有人能回观自我,品赏自己心灵的梅香,

心美,
一切皆美

大部分人空过了一生,也没有体会到隐藏在心灵内部极幽微但极清澈的自性的芳香。

能闻梅香的乞丐也是富有的人。

现在,让我们一起以一种庄严的心情,走到心灵的花园,放下一切缠缚,狂心都歇,观闻从我们自性中流露的梅香吧!

一　尘

有一个比丘在森林里的莲花池畔散步,他闻到了莲花的香味,心想如果能常闻莲花的香味,不知道有多好,心里起了贪着。莲花池的池神就现身对他说:"你为什么不在树下坐禅,而跑到这里来偷我的花香呢?你贪着香味,心中就会起烦恼,得不到自在。"说完,就消失了。

比丘心里感到十分惭愧,正想继续回去禅坐,这时,来了一个人,他走到莲花池里玩耍,用手把莲花的叶子折断,连根拔起,并且把一池莲花弄得乱七八糟,弄完,那人就走了。

池神不但没有现身,还一声都不吭。

比丘感到很奇怪，问池神："那个人把你的莲花弄得一团糟，你怎么不管？我只是在你的池畔散步，闻了你的花香，你就责备我，这是什么道理呢？"

池神回答说："世间的恶人，他们满身都是罪垢，即使头上再弄脏一点，他的脏还是一样的，所以我不想管。你是修净行修禅定的人，贪着花香恐怕会破坏你的修行，所以我才责备你。这就譬如白布上有一个小污点，大家都看得见；那些恶人，好比黑衣，再加上几个黑点，自己也是看不见的。"

这个故事出自佛经，想起来令人动容。我们每个人走在街上，都可以感受到把一池莲花弄得乱七八糟的景况，而我们不能感受到那些败坏，却是最可悲的。当我们在为恶的时候、坏念头生起的时候、处在败坏的环境的时候还没有醒觉、不能觉悟，是人生中至可悲叹的事。

就像没有眼睛的人，他是完全看不见的，这种黑暗与处在暗室里的有好眼睛的人，所看见的黑暗并没有不同，但是有好眼睛的人不是看不见，而是看见的都是黑暗。在光明里，瞎眼的人需要的是眼睛；在黑暗中，眼明的人需要的是灯光。

我们要随时点一盏心灯，才不至于像一个目盲的人。

一个人怎样使自己的心性澄明，能见到其中的污点是非常重要的，因为只有这样才能不断地清洗与修补，一步一步往光明的方向走；否则，当我们折拔莲花时都能心无所感，那表示心里早就没有莲花，而是一片污泥了。

《楞严经》里说："若不识知心目所在，则不能得降伏尘劳。譬如国王，为贼所侵，发兵讨除，是兵要当知贼所在。使汝流转，心目为咎。"——譬如一个国王，要用兵剿匪，如果不知道匪在什么地方，如何去剿灭他们呢？如果一个人不知道自己的污点与过错，要如何去除污点与过错呢？

让我们不要做把莲花池弄得乱七八糟而不自知的人，让我们做一个因贪闻花香而感到惭愧的人吧！

让我们不要做染上污点而完全看不出来的黑衣，让我们做任何小污点都能让我们醒目的白布吧！

在照进窗隙强烈的阳光里，我们可以看见虚空中飞扬的尘埃，那些尘埃粒粒分明，但无法破坏光线的本质。在黑暗中，我们完全见不到尘埃，尘埃就一层层地增加，使我们陷入更深的黑暗。

对于我们所生的恶念，一尘也不要放过，才能使我们有一天能一尘不染。一尘不染不是不再有尘埃，而是任尘埃飞扬，我自做我的阳光。

心美,
一切皆美

　　模糊了、污染了、歪斜了的镜子里所照出的最美丽的玫瑰花,也像是污秽的东西呀!

雪的面目

在赤道,一位小学老师努力地给儿童说明"雪"的形态,但不管他怎么说,儿童也不能明白。

老师说:雪是纯白的东西。

儿童就猜测:雪是像盐一样。

老师说:雪是冷的东西。

儿童就猜测:雪是像冰激凌一样。

老师说:雪是粗粗的东西。

儿童就猜测:雪是像沙子一样。

老师始终不能告诉孩子雪是什么,最后,考试的时候,他出了"雪"的题目,结果有几个儿童这样回答:"雪是淡黄色,又冷又咸的沙。"

这个故事使我们知道,有一些事物的真相,用言语是无法表白的,对于没有看过雪的人,我们很难让他知道雪。像雪这种可看的、有形象的事物都无法明明白白地讲,那么,对于无声无色、没有形象、不可捕捉的心念,如何能够清楚地表达呢?

我们要知道雪,只有自己到有雪的国度。

我们要听黄莺的歌声,就要坐到有黄莺的树下。

我们要闻夜来香的清气,只有夜晚走到有花的庭院。

那些写着最热烈优美的情书的,不一定是最爱我们的人;那些陪我们喝酒吃肉搭肩拍胸的,不一定是真朋友;那些嘴里说着仁义道德的,不一定有人格的馨香;那些签了约的字据呀,也有背弃与撕毁的时候!

这个世界最美好的事物,都是语言文字难以形容与表现的。

那么,让我们保持适度的沉默吧!在人群中,静观谛听;在独处的时候,保持灵敏。

就像我们站在雪中,什么也不必说,就知道雪了。

在雪中清醒的孤独,总比在人群中热闹的寂寞与迷惑要好些。

雪，冷而清明，纯净优美，念念不住，在某一个层次上，像极了我们的心。

月到天心

二十多年前的乡下没有路灯,夜里要穿过田野回到家里,差不多是摸黑的,平常时日,都是借着微明的天光,摸索着回家。

偶尔有星星,就亮了很多,感觉到心里也有星星的光明。

如果是有月亮的时候,心就整个沉定下来,丝毫没有了对黑夜的恐惧。在南台湾,尤其是夏夜,月亮的光格外有辉煌的光明,能使整条山路都清清楚楚地延展出来。

乡下的月光是很难形容的,它不像太阳的投影是从外面来,它的光明犹如从草树、从街路、从花叶,乃至从屋檐、墙垣内部微微地渗出,有时会误以为万事万物的本身有着自在的光明。

假如夜深有雾，到处都弥漫着清气，当萤火虫成群飞过，仿佛是月光所掉落出来的精灵。

每一种月光下的事物都有了光明，真是好！

更好的是，在月光底下，我们也觉得自己心里有着月亮、有着光明，那光明虽不如阳光温暖，却是清凉的，从头顶的发到脚尖的趾甲都感受到月的清凉。

走一段路，抬起头来，月亮总是跟着我们，照看我们。在童年的岁月里，我们心目中的月亮有一种亲切的生命，就如同有人提灯为我们引路一样。我们在路上，月在路上；我们在山顶，月在山顶；我们在江边，月在江中；我们回到家里，月正好在家屋门前。

直到如今，童年看月的景象，以及月光下的乡村都还历历如绘。但对于月之随人却带着一些迷思，月亮永远跟随我们，到底是错觉还是真实呢？可以说它既是错觉，也是真实。由于我们知道月亮只有一个，人人却都认为月亮跟随着自己，这是错觉；但当月亮伴随我们时，我们感觉到月是唯一的，只为我照耀，这是真实。

长大以后才知道，真正的事实是，每一个人心中都有一片月，它是独一无二、光明湛然的，当月亮照耀我们时，它反映着月光，感觉天上的月也是心中的月。在这个世界上，每个人心里都有月亮埋藏，只是自己不知罢了。只有极少数的人，在最黑暗的时刻，仍然放散月的光明，那是知觉到自己就是月亮的人。

这就是为什么禅宗把直指人心称为"指月"，指着天上的月教人看，见了月就应忘指；教化人心里都有月的光明，光明显现时就应舍弃教化。无非是标明了人心之月与天边之月是相应的、涵容的，所以才说"千江有水千江月，万里无云万里天"，即使江水千条，条条里都有一轮明月。从前读过许多颂月的诗，有一些颇能说出"心中之月"的境界，例如王阳明的《蔽月山房》：

山近月远觉月小，便道此山大于月。
若人有眼大如天，当见山高月更阔。

确实，如果我们能把心眼放开到天一样大，月不就在其中吗？只是一般人心眼小，看起来山就大于月亮了。还有一首是宋朝理学家邵雍写的《清夜吟》：

月到天心处，风来水面时。

一般清意味，料得少人知。

月到天心、风来水面，都有着清凉明净的意味，只有微细的心情才能体会，一般人是不能知道的。

我们看月，如果只看到天上之月，没有见到心灵之月，则与月亮只是极短暂的偶遇，哪里谈得上什么永恒之美呢？

所以回到自己，让自己光明吧！

辑二

心有欢喜
过生活

改变表相最好的方法，不是在表相下功夫，
一定要从内在里改革。

流浪水

孩子跟随老师到海边去,回来后用了一夜的时间,告诉我海边的事。

他们到海边后看海、吃鱼丸、坐渡轮,他说:"渡轮上有一个像电扇一样旋转的东西,一直噗噗噗打着海水,海水被打到后面去,渡轮只好前进了。"

他说:"老师叫我们蹲着,伸手去摸海水,海水好冰哦,比我们家水龙头里的水还冰。"

他说:"海好大好大,有好多的鱼、虾、螃蟹,都可以在里面生活,但是它们可能没有办法游遍整个海,因为太大了嘛!

对不对?"

……

我问孩子:"那么,你对海,觉得最好玩的是什么?"

他说:"是流浪水。"

"流浪水?"

"是呀!流浪水就是一下子打到海边上又退回去,隔一下子又打到海边上的那种水。许多鱼呀虾呀都跟着流浪水,流上来呀,又流下去。它们一生下来就在流浪水里,长大了在流浪水里,最后死了也在流浪水里。老师说,有很多鱼虾长在海底,那里的水不是流来流去的,很可能它们从来不知道自己生在流浪水里……"

我对孩子说:"那不叫流浪水,那是海浪。"

"流浪水不就是海浪吗?"孩子用天真的眼睛看着我。

"对,流浪水就是海浪。"我说。

孩子才安心地去睡觉了。

深夜里,我思考着孩子的话,所有的海中动物都生长在流浪水里,它们一生都在海里流浪着,当然从来没有一只海中的动物可以游遍整个海。有很多深海里的动物,从来不知道海是一波一波地流浪着的,它们在无波的深海里,平静地死去。

流浪水是多么美丽的海之印象呀!

海里的动物是生活在流浪水里,我们陆上的众生何尝不是生活在流浪水里呢?我们的流浪水是时间,一个白天一个黑夜规律地循环,不正如打在岸上又退去的流浪水吗?从小的角度看,当然每个白天和黑夜都不同,可是从大的观点看,白天黑夜不正如我们看到的海浪一样,没有什么差别吗?

可叹的是,很少有人警觉到时间的流浪水,他们就会在没有观照的景况下度过一生。

警觉到时间的流浪水仍然不够,其实每一个人有了觉醒之后,心性就会像大海一样,看着潮涨潮落,知悉心海的浪循环之周期,这些海浪再汹涌,在海底最深的地方,也是宁静而安适的。因为深刻地观照了流浪,便不会被流浪水所转,不会在拍岸时欢喜,也不会在退落时悲哀,胸怀广大,涵容了整个大海。

自性心水的流露正像这样,因此在生命中觉悟而进入深海里的人,与从来不知道流浪水的人是不一样的,前者无惧于生死的流浪,后者则对生死流浪因无知而恐惧,或者因愚昧而纵情欢乐。

生命的化妆

我认识一位化妆师,她是真正懂得化妆,而又以化妆闻名的。

对于这生活在与我完全不同领域的人,我增添了几分好奇,因为在我的印象里,化妆再有学问,也只是在皮相上用功,实在不是有智慧的人所应追求的。

因此,我忍不住问她:"你研究化妆这么多年,到底什么样的人才算会化妆?化妆的最高境界是什么?"

对于这样的问题,这位年华已逐渐老去的化妆师露出一个深深的微笑,她说:"化妆的最高境界可以用两个字形容,就是'自然'。最高明的化妆术,是经过非常考究的化妆,让人看起来好像没有化过妆一样,并且这化出来的妆还要与主人的身份匹配,能自然表现那个人的个性与气质。次级的化妆是把人突显出来,让她醒目,引起众人的注意。拙劣的化妆是一站出来别人就发现她化了很浓的妆,而这层妆是为了掩盖自己的缺点或年龄的。最坏的一种化妆,是化过妆以后扭曲了自己的个性,又失去了五官的协调,例如小眼睛的人竟化了浓眉,大脸蛋的人竟化了白脸,阔嘴的人竟化了红唇……"

没想到,化妆的最高境界竟是无妆,竟是自然,这可使我刮目相看了。

化妆师看我听得出神,继续说:"这不就像你们写文章一样?拙劣的文章常常是词句的堆砌,扭曲了作者的个性。好一点的文章是光芒四射,吸引了人的视线,但别人知道你是在写文章。最好的文章,是作家自然的流露,他不堆砌,读的时候不觉得是在读文章,而是在读一个生命。"

多么有智慧的人呀!可是,"到底化妆的人也只是在表皮上做功夫呀!"我感叹地说。

"不对的,"化妆师说,"化妆只是最末的一个枝节,它能改变的事实很少。深一层的化妆是改变体质,让一个人改变生活方式、睡眠充足、注意运动与营养,这样她的皮肤改善、精神充足，比化妆有效得多。再深一层的化妆是改变气质，多读书、多欣赏艺术、多思考、对生活乐观、对生命有信心、心地善良、关怀别人、自爱而有尊严，这样的人就是不化妆也丑不到哪里去，脸上的化妆只是化妆最后的一件小事。我用三句简单的话来说明：三流的化妆是脸上的化妆，二流的化妆是精神的化妆，一流的化妆是生命的化妆。"

化妆师接着做了这样的结论："你们写文章的人不也是化妆师吗？三流的文章是文字的化妆，二流的文章是精神的化妆，一流的文章是生命的化妆。这样，你懂化妆了吗？"

我为这位女性化妆师的智慧而起立向她致敬，深为我最初对化妆师的观点感到惭愧。

告别了化妆师，回家的路上我走在夜黑的地表，有了这样深刻的体悟：这个世界一切的表相都不是独立自存的，一定有它深刻的内在意义，那么，改变表相最好的方法，不是在表相下功夫，一定要从内在里改革。

可惜，在表相上用功的人往往不明白这个道理。

世　缘

　　家里有一条因放置过久而缩皱了的萝卜，不能食用，弃之可惜，我找到一个美丽的陶盆试着种它，希望能挽救萝卜的生命。

　　没想到这看起来已完全失去生命力的萝卜，一接触了泥土与水的润泽，不但立即丰满起来，并在很短的时间里抽出了翠绿的嫩芽。接下来的日子，我仿佛看着一个传奇，萝卜的嫩绿转成青苍，向四周辐射长长的叶子，覆满了整个陶盆，看见的人没有不盛赞它的美丽。

　　二十几天以后，从叶片的中心竟抽出花蕊，开出一束束淡蓝色的小花，形状就像田野间的油菜花。我虽然生长在乡下，从前却没有仔细看过萝卜开花，这一次总算开了眼界，才知道萝卜花原来是非凡的，带着一种清雅之美。尤其是从一条曾经濒临死亡的萝卜开出，更让人觉得它带着不屈的尊贵。

当我正为盛开了蓝色花束的萝卜盆栽欢喜的时候，有一天到阳台浇花，发现萝卜的花与叶子全不见了，只留下孤零零的叶梗，叶梗上爬满青色的毛虫。原来就在一夕之间，这些青虫把整株萝卜都啃光了，由于没有食物，每一只青虫都不安地扭动着、探寻着。

这个景象使我有一点懊恼和吃惊，在这么高的楼房阳台，青虫是怎么来的呢？青虫无疑是蛱蝶的幼虫，那么，是蛱蝶的卵原来就藏在泥土中孵化出来的？或者是有一只路过的蝶把卵下在了萝卜的盆子呢？为什么无巧不巧选择开花的时候诞生呢？

我找不到任何答案，不过我知道，如果我不供应食物给这一群幼小的青虫，它们一定会很快死亡，虽然我为萝卜的惨状遗憾，但似乎也没有别的选择了。

我每天要做的一件事就是摘几片菜叶去喂青虫，并且观察它们。这时我发现青虫终日只做一件事，就是吃、吃、吃，它们毫不停止地吃着菜叶，那样专心一志，有时一整天都不抬头。

那样没命地吃，使它们以相等的速度长大和排泄，我每天都可以看出它们比前一天大了，或下午看起来就比早晨大了一些。而且在短短几天内，它们排出的青色粒状粪便，把花盆全盖满了。

丑怪而贪婪的青虫，很快就长成两寸长的大虫了，肥满得像要满出汁液。这时它们不再吃了，纷纷沿着围墙爬行，寻找适当的地点把自己肥胖的身体挂在墙上，吐出一截短丝粘住墙，然后进入生命的冥想，就不再移动了。

第一天，青虫的头部蜕成菱形的硬壳，只剩下尾巴在扭来扭去。

第二天，连尾巴也硬了，不再扭动，风来的时候，它挂在墙上摇来摇去。

第三天，它的身体从绿色转成褐色，然后颜色一直加深。

一星期后，青虫从蛹内咬破自己的硬壳，从壳中爬出，它的两翼原是潮湿的、软弱的，但它站在那里等待，只是一炷香的时间，它的翼干了、坚硬了。这时，它一点也不犹豫，扑向空中，飞腾而去。

呀！那蝴蝶初飞的一刹那，有一种说不出的动人之美，它会飞到有花的地方，借着花蜜生活，然后把卵下在某一株花上。我想，看到这一群美丽的蝴蝶，在春天的阳光花园中上下翻飞，任谁也难以想象，就在不到一个月前，它们是丑怪而贪婪的青虫，曾在一夜间摧毁一棵好不容易才恢复生机的萝卜。

现在，青虫的蛹壳还不规则地成群挂在墙上，风来的时候仍摇动着，但这整个过程就像梦一样，萝卜真的死去了，蛱蝶也全数飞去了。世缘何尝不是如此，死的死，飞的飞，到最后只留下一点点启示，一些些观察，人生因缘之流转，缘起缘灭真是不可思议。

如何在世缘中活得积极自在，简单地说就是珍惜每一个小小的缘，一条萝卜使一群青虫诞生，生出一群蛱蝶，飞向广大的天空，一个小的因缘有时正是这么广大的。

今早，我看到死去的萝卜中间又抽出芽来，心里第一个生起的念头是，会不会再有一只蝴蝶飞来呢？

云　散

我喜欢胡适的一首白话诗《八月四夜》：

我指望一夜的大雨，
把天上的星和月都遮了；
我指望今夜喝得烂醉，
把记忆和相思都灭了。

人都静了，
夜已深了，

云也散干净了,
仍旧是凄清的明月照我归去,
我的酒又早已全醒了。
酒已都醒,
如何消夜永?

这首《八月四夜》,是根据周邦彦的一阕词《关河令》改写成的,《关河令》的原文是:

秋阴时晴渐向暝,变一庭凄冷。伫听寒声,云深无雁影。
更深人去寂静,但照壁孤灯相映。酒已都醒,如何消夜永?

胡适的诗一点也不比周邦彦的原词逊色。我从前喜欢这首诗,是欢喜诗中的孤单和寂寞的味道,尤其是在烂醉之后醒来,不知道如何度过凄清的好像永无尽头的寒夜时。我在少年时代,有很多次的心境都接近了这首诗的情景。

这使我想起,孤单和寂寞虽也有它极美的一面,但究竟不是幸福的。只是有时我们细细想来,幸福里如果没有孤单和寂寞的时刻,幸福依然是不圆满的。

心美，
一切皆美

　　最好的是，在孤单与寂寞的时候，自己也能品味出那清醒明净的滋味，有时能有一些些记忆和相思牵系，才是最幸福的事。

　　清晨滚着金边的红云，是美的。

　　午后飘过慵懒的白云，是美的。

　　黄昏燃烧炽烈的晚霞，是美的。

　　有时散得干净的天空，也是美的。

　　那密密层层包裹着青天的乌云，使我们带着冷冽的醒觉，何尝不美呢？

　　当一个人走过了辉煌的少年时代，就开始在孤单与寂寞的煎熬中过日子；当一个人失去了情爱与生命的理想，可能就会在无奈的孤独中忍受一生；当一个人不能体会到独处的丰富与幸福时，他的生命之火就开始黯然褪色……

　　凄清的明月是不是美丽的明月那同一个明月呢？当我们从生命的烂醉中醒来时，保持明净的心灵世界，让我们也欢喜独处时的寂寞吧！因为要做一个自足的人，就是每一时每一刻都能看清云彩从心窗飘过的姿势。在云也散干净的时候，还能在永夜中保持愉悦清明，那么，即使记忆与相思不灭，我们也能自在坦然地走下去。

求　好

　　有好多人喜欢讲生活质量,他们认为花的钱多、花得起钱就是有生活质量了。

　　于是,有愈来愈多的人,在吃饭时一掷万金,在买衣时一掷万金,拼命地挥霍金钱,当我们问他为什么要如此,他的答案是理直气壮的——"为了追求生活质量!为了讲究生活质量!"

　　生活?质量?

　　这两样东西到底意味着什么呢?

　　如果说有钱能满足许多的物质条件就叫生活质量,是不是所有的富人都有生活质量，而穷人就没有生活质量呢？

如果说受教育就会有生活质量，是不是所有的大学生都有生活质量，而没受教育的人就没有生活质量呢？

如果说都市才有生活质量，是不是乡下人就没有生活质量呢？是不是所有的都市人都有生活质量呢？

答案都是否定的，可见生活质量乃不是某一阶层、某一地区或某一时代的专利。古人也可以有生活质量，穷人、乡下人、工匠、农夫都可以有生活质量。因为，生活质量是一种求好的精神，是在一个有限的条件下寻求该条件最好的风格与方式，这才是生活质量。

工匠把一张桌子椅子做到完美而无懈可击的地步，是生活质量。

农夫把稻田中的稻子种成最好的收成，是生活质量。

穷人买一个馒头果腹，知道同样的五块钱在何处可以买到最好质量的馒头，是生活质量。

家庭主妇买一块豆腐，花最便宜的钱买到最好吃的豆腐，是生活质量。

整个社会都能摒弃那不良的东西，寻求最好的可能，这个社会就会有生活质量了。因此，我们对生活质量最大的忧虑，乃不是小部分人的品位不良，而是大部分人失去求好的精神了。

一个失去求好精神的社会，往往使人误以为摆阔、奢靡、浪费就是生活质量，逐渐失去了生活质量的实相。进而使人失去对生活质量的判断力，只好追逐名牌，用有名的香水、服装、皮鞋，以至名建筑师盖的房子，来肯定自我的生活质量，这是现代社会名牌泛滥的原因。

有钱人从头到脚，从房子到汽车，从音响到电视，用的都是名牌，那些名牌多得让人忘记了自己的名字。

一般人在欣羡之余，心生卑屈，以为那是生活质量，于是想尽方法不择手段去追求"生活质量"，甚至弄到心力交瘁、含恨而死。君不见被警察抓到的大流氓乃至小妓女，戴劳力士，开进口车，全身都是名牌吗？

真正的生活质量，是回到自我，清楚衡量自己的能力与条件，在这有限的条件下追求最好的事物与生活。再进一步，生活质量是因长久培养了求好的精神，因而有自信、丰富的心胸世界：在外，有敏感直觉找到生活中最好的东西；在内，则能居陋巷而依然能创造愉悦多元的心灵空间。

生活质量就是如此简单，它不是从与别人比较中来的，而是自己人格与风格求好精神的表现。

素　质

很小很小的时候，我就感觉到花是非常奇怪的，因为在家院的庭前种了桂花、玉兰和夜来香，到了晚上，香气随风四散，流动在家屋四周，可是这些香花都是白色的。反而那些极美丽的花卉，像兰花、玫瑰之属，就没有什么香味了。

长大以后，才更发现这种截然不同的风格，凡香气极盛的花，桂花、玉兰花、夜来香、含笑花、水姜花、月桃花、百合花、栀子花、七里香，都是白色，即使有颜色也是非常素淡，而且它们开放的时候常是成群结队的，热闹纷繁。那些颜色艳丽的花，则都是孤芳自赏，每一枝只开出一朵，也吝惜着香气一般，很少有香味。

"香花无色，色花不香"，这真是一个惊人的发现；"素朴的花喜欢成群结队，美艳的花喜爱幽然独处"，也是惊人的发现。依照植物学家的说法，白花为了吸引蜂蝶传播花粉，因此放散浓厚的芳香；美丽的花则不必如此，只要以它的颜色就能招蜂引蝶了。

我们不管植物学家的说法，单以"香花无色，色花不香"就可以给我们许多联想，并带来人生启示。

在人生里，每一个人都有其独特非凡的素质，有的香盛，有的色浓，很少很少能兼具美丽与芳香的，因此我们不必欣羡别人某些天生的素质，而要发现自我独特的风格。当然，我们的人生多少都有缺憾，这缺憾的哲学其实很简单：连最名贵的兰花，恐怕都为自己不能芳香而落泪哩！这是对待自己的方法，也是面对自己缺憾还能自在的方法。

面对外在世界的时候，我们不要被艳丽的颜色所迷惑，而要进入事物的实相，有许多东西表面是非常平凡的，它的颜色也素朴，但只要我们让心平静下来，就能品察出它内部最幽深的芳香。

当然，艳丽之美有时也值得赞叹，只是它适于远观，不适

> 心美，
> 一切皆美

于沉潜。

一个人在年轻的时候，很少能欣赏素朴的事物，却喜欢耀目的风华，但到了中年则愈来愈喜欢那些真实平凡的素质。例如选用一张桌子，青年多会注意到它的颜色与造型之美，中年人就比较注意它是紫檀木或乌心石的材质，至于外形与色彩就在其次了。

我时常有一种新的感怀，就是和一个人面对面说了许多话，仿佛一句话也没说；可是和另一个人面对面坐着，什么话也没说，就仿佛说了很多。人到了某一个年纪、某一个阶段，就能穿破语言、表情、动作，直接以心来相印了，也就是用素朴面对着素朴。

古印度人说，人应该把中年以后的岁月全部用来自觉和思索，以便找寻自我最深处的芳香。我们可能做不到那样，不过，假如一个人到了中年，还不能从心灵自然地散出芬芳，那就像白色的玉兰或含笑竟然没有任何香气一样可悲了。

心的影子

我相信命理,但我不相信在脚钉四根铜钱就可以保证婚姻幸运,白首偕老。

我相信风水,但我不相信挂一个风铃、摆一个鱼缸就可以使人财运亨通、官禄无碍。

我相信人与环境中有一些神秘的对应关系,但我不相信一个人走路时先跨左脚或右脚就可以使一件事情成功或失败。

我相信除了人,这世界还有无数无量的众生与我们共同生活,但我不相信烧香拜拜就可以事事平安,年年如意。

我相信人与人间有不可思议的因缘,但我不相信不经过任何努力，善缘就可以成熟；不经过任何奋斗，恶缘就能够消失。

我相信轮回、因果、业报能使一个人提升或堕落，但我不相信借助于一个陌生人的算命和改运，就能提升我们，或使我们堕落。

我也相信上帝与天神能对人有所助力，但我不相信光靠上帝和天神就可以使我们进入永恒的天国，或因不信，就会使我们落入无边的地狱。

这些相信与不相信，是缘于我知道一切命运风水只是心的影子，一切际遇起落也只是心的影子。心水如果澄澈，什么山水花树在上面都是美丽的；心水如果污浊，再美丽的花照在上面也只是污秽的东西。

因此，改造命运的原理是要从心做起，而改造命运的方法是进入正法，不要落入外道。"心内求法就是正法，心外求法即是外道"，迷信也是如此，想透过外缘的攀附来改变命运就是迷信，只有回来从内心改造才是正信。所以迷信不应指命运、风水、鬼神等神秘的事物，迷信是指心被向外追求的意念所障蔽和迷转了。

佛经里说："佛能空一切相，成万法智，而不能灭定业。"佛不能灭的定业，谁能灭呢？只有靠自己了。《金刚经》也说：

"若以色见我,以音声求我,是人行邪道,不能见如来。"——什么才能见如来呢?心才能见如来,所以应先求自己的心。

一个人的心如果澄净了,就能日日是好日,夜夜是清宵,处处是福地,法法是善法,那么,还有什么能迷惑、染着我们呢?

一　朝

　　十二岁的时候,第一次读《红楼梦》,似懂非懂,读到林黛玉葬花的那一段,以及她的《葬花词》,里面有这样几句:

　　尔今死去侬收葬,未卜侬身何日丧?
　　侬今葬花人笑痴,他年葬侬知是谁?
　　试看春残花渐落,便是红颜老死时。
　　一朝春尽红颜老,花落人亡两不知!

　　那是我第一次感受到落花也会令人忧伤,而人对落花也像待人一样,有深刻的情感。那时当然不知道林黛玉的自伤之情胜过于花朵的对待,但当时也起了一点疑情,觉得林黛玉未免小题大做,花落了就是落了,有什么值得那样感伤,少年的我正是"侬今葬花人笑痴"那个笑她的人。

我会感到葬花好笑是有背景的,那时候父亲为了增加家用,在田里种了一亩玫瑰,因为农会的人告诉他,一定有那么一天,一朵玫瑰的价钱可以抵上一斤米。可惜父亲一直没有赶上一朵玫瑰一斤米的好时机,二十几年前的台湾乡下,根本不会有人神经到去买玫瑰来插。父亲的玫瑰是种得不错,却完全滞销,弄到最后懒得去采收了,一时也想不出改种什么,玫瑰田就荒置在那里。

我们时常跑到玫瑰田去玩,每天玫瑰花瓣,黄的、红的、白的落了一地,用竹扫把一扫就是一畚箕,到后来大家都把扫玫瑰田当成苦差事,扫好之后顺手倒入田边的旗尾溪,千红万紫的玫瑰花瓣霎时铺满河面,往下游流去,偶尔我也能感受到玫瑰飘逝的忧伤之美,却绝对不会痴到去葬花。

不只玫瑰是大片大片地落,在山上,春天到秋天,坡上都盛开着野百合、野姜花、月桃花、美人蕉,有时连相思树上都是一片白茫茫,风吹来了,花就不可计数地纷飞起来。山上的孩子看见落花流水，想的都是节气的改变，压根儿不会想到花，更别说为花伤情了。

只有一次为花伤心的经验，是有一年父亲种的竹子突然有十几丛开花了，竹子花真漂亮，细致的、金黄色的，像满天星那样怒放出来。父亲告诉我们，竹子一开花就是寿限到了，花朵盛放之后，就会干枯，死去。而且通常同一母株育种的竹子会同时开花，母亲和孩子会同时结束生命。那时我每到竹林里看极美丽绝尘不可逼视的竹子花就会伤心，到竹子枯死的那一阵子，总会无端地落下泪来。不过，在父亲插下新枝后，我的伤心也就一扫而空了。

多几次感受到竹子开花这样的经验，就比较知道林黛玉不是神经，只是感受比常人敏锐罢了，也慢慢能感受到"昨宵庭外悲歌发，知是花魂与鸟魂？花魂鸟魂总难留，鸟自无言花自羞。愿侬此日生双翼，随花飞到天尽头。天尽头，何处有香丘？未若锦囊收艳骨，一抔净土掩风流。质本洁来还洁去，强于污淖陷渠沟"那种借物抒情、反观自己的情怀。

长大一点，我更知道了连花草树木都与人有情感、有因缘，为花草树木伤春悲秋、欢喜或忧伤是极自然的事，能在欢喜或悲伤时，对境有所体会观照，正是一种觉悟。

辑二
心有欢喜过生活

最近又重读了《红楼梦》,就体会到花草原是法身之内,一朵花的兴谢与一个人的成功失败并没有两样。人如果不能回到自我,做更高智慧之追求,使自己明净而了知自然的变迁,有一天也会像一朵花一样在无知中凋谢了。

同时,看一片花瓣的飘落,可以让我们更深地感知无常,正如贾宝玉在山坡上听见黛玉的葬花诗"不觉恸倒山坡上,怀里兜的落花撒了一地"。那是他想到黛玉的花容月貌终有无可寻觅之时,又推想到宝钗、香菱、袭人亦会有无可寻觅之时,当这些人都无可寻觅,自己又安在呢?自身既不知何在何往,将来斯处、斯园、斯花、斯柳,又不知当属谁姓!

看看这种无常感,怎么能不恸倒在山坡上?我觉得,整部《红楼梦》就在表达"人生如梦"四字,这是一种无可如何的无常,只是借黛玉葬花来说,使我们看到了无常的焦点。《红楼梦》中还有一支曲子,我非常喜欢,说的正是无常:

为官的家业凋零,富贵的金银散尽。
有恩的死里逃生,无情的分明报应。
欠命的命已还,欠泪的泪已尽。
冤冤相报自非轻,分离聚合皆前定。

欲知命短问前生，老来富贵也真侥幸。

看破的遁入空门，痴迷的枉送了性命。

好一似食尽鸟投林，落了片白茫茫大地真干净！

从落花而知大地有情，这是体会；从葬花而知无常苦空，这是觉悟；从觉悟中知道万法了不可得，应该善自珍摄，不要空来人间一回，这就是最初步的菩提了。读《红楼梦》不也能使我们理解到青原惟信禅师说的"三十年前见山是山，见水是水。及后亲见亲知，有个入处，见山不是山，见水不是水。如今得个休歇处，依旧见山只是山，见水只是水"的过程吗？

相传从前有一位老僧，经卷案头摆了一部《红楼梦》，一位居士去拜见他，感到十分惊异，问他："和尚也喜欢这个？"

老僧从容地说："老僧凭此入道。"

这虽是传说，但也不无道理，能悟道的，黄花翠竹、吃饭睡觉、瓦罐瓶杓都会悟道了，何况是《红楼梦》！

虽然《红楼梦》和"悟道"没有必然关系，但只要时时保有菩提之心，保有反观的觉性，就能看出在言情之外言志的那一部分，也可以看到隐在小儿女情意背后那广大的空间。

知悉了大地有情，觉悟了无常苦空，体会了山水的真实，保有了清明的菩提，我们如何继续前行呢？正是"一朝春尽红颜老"的那个"一朝"，是"万古长空，一朝风月"的"一朝"，是知道"放弃今日就没有来日，不惜今生就没有来生"！是"此身不向今生度，更待何生度此身"！是"当下即是"！是"人圆即佛成"！

那么就在每一个"一朝"中保有菩提，心田常开智慧之花，否则，像竹子一样要等到临终才知道盛放，就来不及了。

不是茶

日本茶道大师千利休,是日本无人不晓的历史人物,他的家教非常成功。千利休家族传了十七代,代代都有茶道名师。

千利休家族后来成为日本茶道的象征,留下来的故事不计其数,其中有三个故事我特别喜欢。

千利休到晚年时,已经是公认的伟大茶师,当时掌握大权的将军秀吉特地来向他求教饮茶的艺术,没想到他竟说饮茶没有特别神秘之处,他说:"把炭放进炉子里,等水开到适当程度,加上茶叶使其产生适当的味道。按照花的生长情形,把花插在瓶子里。在夏天的时候使人想到凉爽,在冬天的时候使人想到温暖，没有别的秘密。"

发问者听了这种解释，便带着厌烦的神情说，这些他早已知道了。千利休厉声地回答说："好！如果有人早已知道这种情形，我很愿意做他的弟子。"

千利休后来留下一首有名的诗，来说明他的茶道精神：

先把水烧开，
再加进茶叶，
然后用适当的方式喝茶，
那就是你所需要知道的一切，
除此以外，茶一无所有。

这是多么动人。茶的最高境界就是一种简单的动作、一种单纯的生活，虽然茶可以有许多知识学问，在喝的动作上，它却还原到非常单纯有力的风格，超越了知识与学问。也就是说，喝茶的艺术不是一成不变的，随着每个人的个性与喜好，用自己"适当的方式"，才是茶的本质。如果茶是一成不变的，也就没有"道"可言了。

另一个动人的故事是关于千利休教导他的儿子的。日本人很爱干净，日本茶道更有着绝对一尘不染的传统，如何打扫茶室因而成为茶道艺术极重要的传承。

传说当千利休的儿子正在洒扫庭园小径时，千利休坐在一旁看着。当儿子觉得工作已经做完的时候，他说："还不够清洁。"儿子便出去再做一遍，做完的时候，千利休又说，"还不够清洁。"这样一而再，再而三地做了许多次。

过了一段时间，儿子对他说："父亲，现在没有什么事可以做了。石阶已经洗了三次，石灯笼和树上也洒过水了，苔藓和地衣都披上了一层新的青绿，我没有在地上留下一根树枝和一片叶子。"

"傻瓜，那不是清扫庭园应该用的方法。"千利休对儿子说，然后站起来走入园子里，用手摇动一棵树，园子里霎时落下许多金黄色和深红色的树叶，这些秋锦的断片，使园子显得更干净宁谧，并且充满了美与自然，有着生命的力量。

千利休摇动的树枝，是在启示人文与自然和谐乃环境的最高境界，在这里也说明了一位伟大的茶师是如何从茶之外的自然中得到启发的。如果用禅意来说，悟道者与一般人的不同也就在此，过的是一样的生活，对环境的观照已经完全不一样，他能随时取得与环境的和谐，不论是秋锦的园地或瓦砾堆中都能创造泰然自若的境界。

还有一个故事是关于千利休的孙子宗旦的，宗旦不仅继承了父祖的茶艺，对禅也极有见地。

有一天，宗旦的好友京都千本安居院正安寺的和尚，叫寺中的小沙弥送给宗旦一枝寺院中盛开的椿树花。

椿树花一向就是极易掉落的花，小沙弥虽然非常小心地捧着，花瓣还是一路掉下来，他只好把落了的花瓣拾起，和花枝一起捧着。

到宗旦家的时候，花已全部落光，只剩一枝空枝，小沙弥向宗旦告罪，认为都是自己粗心大意才使花落下了。

宗旦一点也没有怨怪之意，并且微笑地请小沙弥到招待贵客的"今日庵"茶席上喝茶。宗旦从席上把祖父千利休传下来的名贵的国城寺花筒拿下来，放在桌上，将落了花的椿树枝插于筒中，把落下的花散放在花筒下，然后他向空花及空枝敬茶，再对小沙弥献上一盏清茶，谢谢他远道赠花之谊，两人喝了茶后，小沙弥才回去向师父复命。

宗旦表达了一个多么清朗的境界！花开花谢是随季节变动的自然，是一切的"因"；小和尚持花步行而散落，这叫作"缘"；无花的椿枝及落了的花，一无价值，这就是"空"。

从花开到花落，可以说是"色即是空"，但因宗旦能看见那清寂与空静之美，并对一切的流动现象，以及一切的人抱持宽容的敬意，把空变成一种高层次的美，使"色即是空"变成"空即是色"。

对于看清因缘的人，"色不异空""空不异色"也就不是那么难以领会了。

老和尚、小沙弥、宗旦都知道椿树花之必然凋落，但他们都珍惜整个过程，这就是我们常说的"惜缘"。惜缘所惜的并不是对结局的期待，而是对过程的宝爱呀！

在日本历史上，所有伟大的茶师都是学禅者，他们都向往沉静、清净、超越、单纯、自然的格局，一直到现代，大家都公认不学禅的人是没有资格当茶师的。

不着于水

近一两年，花市里普遍都可以买到莲花了，有的花店，用几个大瓮装莲花，摆成一列放在架上，每一个瓮装一种颜色，金黄、清紫、湛蓝、纯白、粉红的莲花，五色明媚，使人走过时仿佛置身莲花池畔。

把心放平静了，把呼吸调细致一些，就会有莲花的香气从众花之中穿越出来。不愧是王者之香，即使是最浓烈的野姜花之香气，也丝毫不能掩盖那清冽的、悠远的、不染一丝尘土的清净之香。

花香里以莲香最为第一，虽然我也喜欢别的花香，但如果仔细品过莲花的香气就会知道，唯有莲花的香气可以与我们的心灵等高,或者说,唯有莲花才能使我们从尘世的梦中之梦,闻到一些超尘的声息,甚而悟到身外之身。

当学生的时候,我就常常为了看莲花,不惜翻山越岭。最近的莲花长在南海学园里,坐在历史博物馆小贩卖部的角落,叫一杯质量不是很好的清茶,就可以从俯视的角度看植物园的千花齐放,在风华中翻转。那时感觉到连质量粗劣的清茶也好起来了,手中不管握的是什么书,总也有了书香。

有时会想,一杯茶、一卷书,还少了一炉香,如果有最好的水沉香,则人间可以无憾。有一次午后,突然悟到,如果能真正地进入莲花,则心中自有水沉香,还需要什么香呢?

这是远观,还不能真知道莲花之香。

去年春天,我到南仁山去,借住在南仁湖畔的养牛人家,牛户在竹林里种了一片莲花,有粉红与纯白两种。清晨时分,我借了竹筏撑到竹林外系住,穿林过水走到湖岸,坐在湖边看莲花在晨光中开起,然后莲香自花苞中散出来,由于竹林的围绕,香气盘桓,久久都不逸去。

那是杳无人迹的地方,空气清甜、和气沉静、湖山明澈,有丝丝莲花的香味突然飘荡起来,可想而知是多么动人!我在草坡上坐了一个上午,感觉到连自己的呼吸都有莲花的香味,惊奇地想：是不是人也可以坐成一株莲花呢？

怪不得在佛教里，把莲花当成第一供养，是领养佛菩萨最尊贵的花；又把人见到自性譬喻成从污泥中开出不染的莲花；甚至用来比喻妙法正法，最伟大的一乘教化经典，名字就叫《妙法莲华经》……这些，在南仁湖的清晨，都使我切身地体会到了。如果不是莲花这样华果俱多、华宝具足、华开莲现、华落莲成，一般俗花如何能比喻妙法呢？

佛经里说，莲花有四德：香、净、柔、可爱。其香深奥悠远、其净出泥不染是我们都知道的，但莲花从花梗、花叶到花瓣都是非常柔软的，不小心珍惜，很容易断裂受损，这不也像我们的心一样，如果不细心护惜，一个人的心是很容易受伤的！但易于受伤的心，总比刚强不能调伏的心要好些。

至于可爱，我们有时会觉得兰花俗艳不堪，姜花野性难驯，玫瑰梦幻不实，百合过于吵闹，莲花却没有可挑剔的地方，一株莲花和一群莲花一样，都有宁静、清雅、尊贵、和谐的质量。这世上香花不美、美花不香，颇令人感到遗憾，唯有莲花香美具足，它的香令人清明，它的美使人谦卑。

这样尊贵的花，培植不易，以前的价钱非常昂贵，现在喜欢的人多，莲花也普及起来，一株莲花才十五元台币，如果与花店的人相熟，有时十元就能买到了。十元买到菩萨与自性最尊贵的供养，真是价廉物美，有时想想，人的佛性也是如此，因为普遍、人人都有，就忘失了它的尊贵。

或者不必供在案前，即使是在花市里、在莲花池，看看莲花，亲近其香，就觉得莲花与自己相应而有着无比的感动。

在晨曦中，看书案前的一盆莲花盛开，在上扬的沉香中，观想自己有如莲花开放，或者甚至成为花里的一缕香，这时会想起《阿含经》中说的："莲花生在水中、长在水中、伸出水上，而不着于水。如来生于人间、长于人间、出于人间，而不执着人间的法。"心里就震动起来，泫然欲泣，连眼角都有了水意，深信自己虽生于水，总有一天也能像莲花一样不着于水。

在污浊的人世，还能开着莲花，使我们能有清净与温柔的对待，真值得感恩。"一念心清净，处处莲花开；一花一净土，一土一如来。"愿我们在观莲花的时候，也能反观自己的莲花，在我们一念觉悟、一念慈悲、一念清净、一念柔软、一念芬芳、一念恩泽等菩提心转动的时候，我们的莲花就穿出贪嗔痴慢疑欲望的水面，在光明的晨光中开启了。

当我们像饱含甘露的莲花时，我们就会闻到从我们身体中呼出来的最深的芳香！

掌中宝玉

　　一位想要学习玉石鉴定的青年，听说在远处有一位年老的玉石家，他就不远千里地去向老师傅学艺。

　　他见到老师傅后，说明了自己学玉的志向，希望有一天能像老师傅一样成为众人仰佩的专家。老师傅拿一块玉给他，叫他捏紧，然后开始给他上中国历史的课程，从三皇五帝夏商周开始讲，讲了几个小时，却一句也没有提到玉。

　　第二天他去上课，老师傅仍然交给他一块玉叫他捏紧，又继续讲中国历史，一句也不提玉的事。就这样，光是中国历史就讲了几个星期。接着，他向年轻人讲中国的风土人文、哲学思想，甚至生命情操，除了玉石的知识，老师傅几乎什么都讲授了。

而且，每天他都叫那个青年捏紧一块玉听课。

经过几个月以后，青年开始着急了，因为他想学的是玉，没有想到却学了一大堆无用的东西。有一天他终于鼓起勇气，希望向老师表明，请老师开始讲玉的学问。

他走进老师的房间，老师仍照往常一样交给他一块玉，叫他捏紧，正要开始谈天的时候，青年大叫起来："老师，您给我的这一块，不是玉！"老师笑起来说："你现在可以开始学玉了。"

这是一位收藏玉的朋友讲给我听的故事，有非常深刻的启示。对于学玉的人，要成为玉石专家，不能光是看石头本身，因为玉石与中国文化是不可分的，没有深厚的文化素养，不可能懂玉。所以老师不先教玉，而先做文化通识的教化，其次，进入玉的世界的第一步，是分辨是不是玉，这种分辨不只是知识的累积，常常是直觉的反应。

如果我们把这个故事往人生推进，也可以找到许多深思的角度。一是学习任何事物而成为专家都不是容易的事，必须经过很长时期的训练。二是在成为专家之前，需要通识教育，如果作为中国专家,就要先对历史、人文、哲学、思想、性格有基本的识见,否则光是懂一些普通技术有何意义?三是成为专家的第一步,应该有基本的判断,有是非之观、明义利之辨、善恶之分,就如同掌中的宝玉,凭着直觉就知道为与不为,这才可以说是进入知识分子的第一步了。

这世界上任何有价值的智慧,都不是老师可以一一传授的,完全要依靠自己的体会。老师能教给我们分辨宝玉的知识,能不能分辨宝玉却要靠自己,那是由于宝玉不仅在掌中,也在心中。

每个人的心灵里都有一块宝玉,只是没有被开发。大部分的人不开发自己的宝玉,却羡慕别人手上的玉,就如同一只手隐藏了原有的玉,又伸手向别人要宝物一样,最后就失去了理想的远景和心灵的壮怀了。

所以,每天把自己的玉捏一捏,久而久之,不但能肯定自己的价值,也能发现别人的美质,甚至看见整个世界都有着玉石与琉璃的质感。

清雅食谱

有时候生活清淡到自己都吃惊起来了。

尤其对食物的欲望差不多完全超脱出来,面对别人都认为是很好的食物,一点也不感到动心。反而在大街小巷里自己发现一些毫不起眼的东西,有惊艳的感觉,并慢慢品味出一种哲学,正如我常说的,好东西不一定贵,平淡的东西也自有滋味。

在台北四维路一条阴暗的巷子里,有好几家山东老乡开的馒头铺子,说是铺子是由于它实在够小,往往老板就是掌柜,也是蒸馒头的人。这些馒头铺子,早午各开笼一次,开笼的时候水汽弥漫,一些嗜吃馒头的老乡早就排队等在外面了。

热腾腾、筋道的山东大馒头，一个才五块钱。那刚从笼屉被老板的大手抓出来的馒头，有一种传统乡野的香气，非常美味，也非常之结实。寻常人一餐也吃不了这样一个馒头，我是把馒头当点心吃的。那纯朴的麦香令人回味，有时走很远的路，只是去买一个馒头。

这巷子里的馒头大概是台北最好的馒头了，只可惜被人遗忘了。有的馒头店兼卖素油饼，大大的一张，可蒸、可煎、可烤，和稀饭吃时，真是人间美味。

说到油饼，在顶好市场后面，有一家卖饺子的北平馆，出名的是手抓饼，那饼烤出来时用篮子盛着，饼是整个挑松的，又绵又香，用手一把一把抓着吃。我偶尔路过，就买两张饼回家，边喝水仙茶，边抓着饼吃，如果遇到下雨的日子，就更觉得那抓饼有难言的滋味，仿佛是雨中青翠生出的嫩芽一样。

说到水仙茶，是在信义路的路摊寻到的。对于喝惯了茉莉香片的人来说，水仙茶更是往上拔高，如同坐在山顶上听瀑。水仙入茶而不失其味，犹保有洁白清香的气质，没喝过的人真是难以想象。

水仙茶是好，有一个朋友做的冻顶豆腐更好。他以上好的冻顶乌龙茶清焖硬豆腐，到豆腐呈金黄色时捞起来，切成一方

心美，
一切皆美

一方，用白瓷盘装着，吃时配着咸酥花生，品尝这样的豆腐，坐在大楼里就像坐在野草地上，有清洌之香。

有时食物也能像绘画中的扇面，或文章里的小品，音乐里的小提琴独奏，格局虽小，慧心却十分充盈。冻顶豆腐是如此，在南门市场有一家南北货行卖的桂花酱也是如此。那桂花酱用一只拇指大的小瓶装着，真是小得不可思议，但一打开，桂花香猛然自瓶中醒来，细细的桂花瓣还像活着，只是在宝瓶里睡着了。

桂花酱可以加在任何饮料或茶水中，加的时候以竹签挑出一滴，一杯水就全被香味所濡染，像秋天庭院中桂花盛放时，空气中都流满花香。我只知道桂花酱中有蜜、有梅子、有桂花，却不知如何做成，问到老板，他笑而不答。"莫非是祖传的秘方吗？"心里起了这样的念头，却也不想细问了。

桂花酱如果是工笔，决明子就是写意了。在仁爱路上有时会遇到一位老先生卖决明子，挑两个大篮用白布覆着，前一篮写"决明子"，后一篮写"中国咖啡"。卖的时候用一只长长的木勺，颇有古意。

听说决明是山上的草本灌木，籽熟了以后热炒，冲泡有明目滋肾的功效，不过我买决明子只是喜欢老先生买卖的方式，

辑二
心有欢喜过生活

并且使我想起幼年时代在山上采决明子的情景。在台湾乡下，决明子唤作"米仔茶"，夏夜喝的时候总是配着满天的萤火入喉。

对于能想出一些奇特的方法做出清雅食物的人，我总感到佩服。在师大路巷子里有一家卖酸酪的店，老板告诉我，他从前试验做酸酪时，为了使奶酪发酵，把奶酪放在锅中，用棉被裹着，夜里还抱着睡觉，后来他才找出做酸酪最好的温度与时间。他现在当然不用棉被了，不过他做的酸酪又白又细，真像棉花一般，入口成泉，若不是早年抱棉被，恐怕没有这种火候。

那优美的酸酪要配什么呢？八德路一家医院餐厅里卖的全黑麦面包，或是绝配。那黑麦面包不像别的面包是干透的，里面含着一些有浓香的水分。有一次问了厨子，才知道是以黑麦和麦芽做成，麦芽是有水分的，才使那里的黑麦面包一枝独秀。想出加麦芽的厨子，胸中自有一株麦芽。

食物原是如此，人总是选着自己的喜好，这喜好往往与自己的性格和本质十分接近，所以从一个人选择的食物中可以看出他的人格。

但也不尽然，在通化街巷里有一个小摊，摆着两个大缸，右边一缸卖"蜜茶"，左边一缸卖"苦茶"。蜜茶是甜到了顶，苦茶是苦到了底，有人爱甜，却又有人爱那样的苦。

"还有一种人，他先喝一杯苦茶，再喝一杯蜜茶，两种都要尝尝。"老板说，不过他也笑了，"可就没看过先喝蜜茶再喝苦茶的人，可见世人都爱先苦后甘，不喜欢先甘后苦吧！"

后来，我成了第一个先喝蜜茶再喝苦茶的人，老板着急地问我感想如何。

"喝苦茶时，特别能回味蜜茶的滋味。"我说，我们两人都大笑起来。

旁边围观的人都为我欢欣地鼓掌。

辑三

心向平常
生情味

哀愁时感到欢乐真好,
欢乐时也觉得哀愁有一种觉醒的滋味。

心无片瓦

我很喜欢《楞严经》里的一个故事。

是说有一位月光童子,他在久远劫前曾经跟随水天佛修习水观,以进入正定三昧。

月光童子先观照自己身中的水性,从涕泪唾液,一直到津液精血、大小便利,这些在身内循环往复的水,性质都是一样的。然后知道了身体内部的水性与世界内外所有的水分,甚至香水、大海等都没有差别。逐渐地,月光童子成就了水观,能使身水融化为一,但还没有达到无身空性的最高境界。

有一天,月光童子在室内安禅,他的小弟子从窗外探视,只看见室中遍满清水,其他什么都没看见。小弟子不知道是师父坐禅,就拿了一片瓦砾丢到室内的清水里,扑通一声,以游戏的心情看了一会儿就离开了。

月光童子出定以后,觉得心里很痛,他想到:"我已经证得阿罗汉很久了,早就与病痛无缘,为什么今天忽然生出心痛这样的疾病?难道是我的修行退步了吗?"正在疑虑的时候,小弟子来看他,说出了刚刚看见满室清水丢入瓦砾的事。

月光童子听了,对弟子说:"以后我入定的时候,如果你再看见满室清水,就立即开门走进水中,除去瓦砾。"后来他入定的时候,弟子果然又看见水,那片瓦砾还清晰宛然留在水里,弟子走进去把瓦砾取出,丢掉了。月光童子出定后,感到身心泰然,身心恢复如初。

此后,月光童子跟随无数的佛学习,一直到遇见山海自在通王佛,才真正忘去身见,与十方界诸香水海,性合真空,无二无别。因此他认为修行水观法门,是求得圆满无上正觉的第一妙法。

这个故事出自《楞严经》卷五,原来是佛陀要二十五位修行得道的菩萨与弟子报告自己修行的过程与方法,每一位都不相同,月光童子就是从水观而得到成就的。

月光童子的水观修行甚深微妙，我们是很难体会的，不过，从凡人的角度来看，这故事给我们带来一些清新的启示，如同我们走到林下水边，面对着澄潭清水或湛蓝汪洋，大部分人都可以自然得到安静的心境，并且感觉到身心得到清洗。反之，如果我们走到污浊的水沟边，或看到垃圾在河中奔窜，必然也使我们觉得身心受到污染，这不仅是感受问题，而是我们身心中有水性，与外界水性的感应道交。

此外，我们也应该知道，自己和外界的关系十分密切。一个人如果有身体，即使他是修行很高的人，也容易受到隔空飞来的瓦片的伤害，因为自己虽能心无片瓦，但这世界还是到处都飞动着瓦砾，当被瓦砾击中的时候，最好的方法就是立即开门把它取出。

明白了这个道理，就知道我们由于无知抛掷给别人的瓦片，或者只是毫无目的的游戏，都会给别人乃至整个世界造成伤害。而这世界的水性一气流通，别人所受的伤害，正是我们自己的伤害呀！

法性像清水一样，其实不难领会，在佛经里有许多开示，我们抄录几段来看："天下人心，如流水中有草木，各自流行，不相顾望。前者亦不顾后，后者亦不顾前，草木流行，各自如故。

人心亦如是,一念来、一念去,亦如草木前后不相顾望。"(《忠心经》)"根清净故,色尘清净;色清净故,声尘清净;香、味、触、法,亦复如是。善男子!六尘清净故,地大清净;地大清净故,水大清净;火大、风大,亦复如是。"(《圆觉经》)"佛平等说,如一味雨,随众生性,所受不同,如彼草木,所禀各异。"(《法华经》)

说得最简明的,是《无量义经》说法品中的一段:"善男子!法譬如水,能洗垢秽。若井若池,若江若河,溪渠大海,皆悉能洗诸有垢秽。其法水者,亦复如是,能洗众生诸烦恼垢。善男子!水性是一,江河井池,溪渠大海,各各别异。其法性者,亦复如是,洗除尘劳,等无差别,三法四果二道不一。"

知道菩提心水,就了解使自己的心清明是多么重要,对那些流过的草木就不要再顾惜了!对那些埋伏在我们心中的瓦砾就赶快取出吧!对那些被尘劳所封冻的身心赶快清洗吧!

佛陀在《百喻经》中说过一个故事,有一个人渡海时掉了一个银器,他就在海水中做记号,希望以后去取。经过两个月,他到了别国,看到一条大河,水的性质与海水无异,他就跑到河水中去找他从前所画的记号,看到的人就问他原因,他说:"我两个月前在海上丢掉银器,曾画水作记,本来所画的水和这里的水无异,所以来这里找。"大家就笑他:"水虽不别,但你是在那里丢的,在这里怎么找得到呢?"

人生不也是如此吗?留在我们记忆中的艰辛苦厄,我们烛火被吹灭的冷寂,我们芦苇被压伤的惨痛,我们舟船迷失时的恐慌,我们情爱与热诚被践踏、被蹂躏、被背离、被折断的锥心刺骨,不都是落在海中的银器吗?现在我们到另外的国度,有另外的水,又何必让水上的记号来折磨我们!在清净心水里,瓦砾与银器也是一样的东西呀!

一片茶叶

抓一把茶叶丢在壶里，从壶口流出了金黄色的液体，喝茶的时候我突然想到：这杯茶的每一滴水，是刚刚那一把茶叶中的每一片所释放出来的。我们喝茶的人，从来不会去分辨每一片茶叶，因此常常忘记一壶茶是由一片一片的茶叶所组成。

在一壶茶里，每一片茶叶都不重要，因为少了一片，仍然是一壶茶。但是，每一片茶叶也都非常重要，因为每一滴水的芬芳，都有每一片茶叶的生命本质。

布施不也是如此吗？

布施，犹如加一片茶叶到一大壶茶里，少了我的这一片，看似不影响茶的味道,其实不然,丢进我的这一片,整壶茶都有了我的芳香。虽然我能施的很小,但也会充满每一滴水。

布施,我们应以茶叶为师。上好的茶叶,五六斤茶菁才能制成一斤茶,而每一片茶都是泡在壶里才能还原、才能温润、才有作为茶叶的生命意义。我们也是一样,要经过许多岁月的刷洗才能锻炼我们的芬芳,而且只有在奉献时,我们才有了人的温润,有了生命的意义。

一片茶叶丢到壶里就被遗忘了,喝的人在欢喜一壶茶时并不会赞叹单独的一片茶叶。一片茶叶是不求世间名誉的,这就是以清净心布施,不求功德、不求福报,只是尽心尽意贡献自己的芳香。

一壶好茶,是每一片茶叶共同创造的净土。

正如《维摩经》说:"布施,是菩萨净土。"

欲行布施,先学习在社会这壶茶里,做一片茶叶!

说珍惜世界,先珍惜每一片茶叶吧!

这样想时,喝茶的时候就特别能品味其中的清香。

杨　枝

朋友送我一幅齐白石画的杨柳观音,体态厚实,面容温柔,看起来真像妈妈一样。

这幅观音,左手抱着净瓶,右手拿着杨枝,净瓶浑圆优美,杨枝逸笔草草,以几笔乱墨画成。枝条是以枯墨一笔而成,显得十分刚强坚硬,柳叶则是浓墨,异常之飘逸而温柔。

那齐白石笔下的杨柳观音与一般所见不同,尤其是那一枝杨枝,竟是柔中带刚,涵含着无限悲悯。

静夜里仰望那幅观音,看其手中的杨枝,我想:我们也应该像观音手中的杨枝一样,求佛道应该像枝条那样刚强坚固;

对待众生则应该像柳叶,充满了温柔。

向上的枝条是在说:"上合十方诸佛本妙觉心,与佛如来同一慈力。"

向下的柳叶则是说:"下合十方一切六道众生,与诸众生同一悲仰。"

众生的心

众生的心,清楚时就散乱了。

菩萨的心,在散乱中更清楚。

众生的心,静下来就睡着了。

菩萨的心,在睡着时犹沉静。

散乱的心如风中之烛,动摇不定,不能启用。

静下来就睡着的心如河水封冻,见不到水里的游鱼。

觉醒的滋味

喝完工夫茶后,喝一杯水,会觉得那水特别好喝,觉得茶好,水也好。

热闹的聚会后,沉静下来,会觉得那沉静格外清澄,觉得热烈也美,沉定也美。

爬山回家以后,洗个热水澡,会觉得那水是从身体里蒸发出来的,觉得爬山也享受,洗澡也享受。

有时欢乐与哀愁也是如此,哀愁时感到欢乐真好,欢乐时也觉得哀愁有一种觉醒的滋味。

觉醒的滋味随时都在,就像阳光每天都来。今天过北宜公路看到灿烂的樱花开了,但满地都是冥纸,那红色的樱花看起来就像血一样惊心。

愿做自由花

经过中部大平原时,突然看见在稻田中有一大片金黄色的花,在阳光中格外耀眼,停了车,从田埂走到花中,仿佛走进一个金黄色的梦。

仔细看,才知道原来是青花菜所开出的花,我们平常在市场看见的白花菜、青花菜都是一球球的,往往让我们忘记原来它们是花。因此,看到眼前这一片青花菜,我感到吃惊,十字形的花朵从团团的菜花中抽放出来,拉高竟到了人的腰际,开得非常非常繁密,但因有高低的层次,并不让人感到拥挤。在绿色的稻田里,这一片金黄色的菜花有如闪电一般,有慑人之美。

它占地约有一亩，又在早春的风中摇曳，使我看见了土地的温柔与源源不绝的生机。

站在田中面对这一片青花菜的黄花，我思索着它被留下来的理由，有可能是菜农要收获青花菜的种子，也有可能是稻田保存地力的轮替，还有可能是菜价低贱，农夫懒得收获而任其开花怒放。

不管是什么理由，青花菜被留下来是唯一的真实，它比其他所有的同类幸运；大部分的青花菜没有开花的机会，花苞结成就被采收了，因此，大部分吃青花菜的人没有机会看见这大地上的美丽之花。这片青花菜何其幸运，是同类中仅有的自由花，我又何其幸运，能看到它毫无顾忌地怒放，这无非是一次殊胜的因缘呀！

我继续开车前行，眼前好像一直都看见那金黄色的影子，一闪一灭，这平凡的青花菜最令我动容的是什么呢？为什么它竟成为中部大平原上最耀眼的风景呢？

是它的自由！

当我看到青花菜的自由，感觉自己就像从束缚中被解放出来。我们大部分人就如同市场中的青花菜一样，在还没有完全开放时就被采收，因而不知道自己也可以开出最美丽的黄花。

人也可以自由开放吗?

当然!自由开放可以说是禅者最主要的风格,乃至于可以说是佛教的基础。修行者最重要的就是自由,是无牵无挂、无拘无束、无碍无缚。什么是自由?自由不在境上,而在心中。自性清净的人不为境转,是为自由。证悟空性者,知悉无常迁化,就不会被外物所役、所捆绑了。

因为这样的自由,当我们看到禅师如是的对话,就不会吃惊了:

僧问:"如何是三宝?"

潭州总印禅师:"禾、麦、豆。"

僧问:"如何是佛法大意?"

明州法常禅师:"蒲花、柳絮、竹针、麻线。"

僧问:"如何是禅?"

石头希迁禅师:"碌砖。"

僧问:"如何是道?"

径山道钦禅师:"山上有鲤鱼,水底有蓬尘。"

僧问:"如何是西来意?"

天柱崇慧禅师:"白猿抱子来青嶂,蜂蝶衔华绿蕊间。"

生命的真实里固已解脱了束缚,问答之间又何必有什么丝线呢？在自性的清净自由里，万事万物都是三宝，是佛法大意，是禅，是道，是西来意，其中并没有分别，因为有分别就有执着，就有相，就会生心，就偏离了自由。

我认为修行者可以用"六自"来说：自觉、自由、自在、自主、自信、自尊。

一切自由的开端是来自觉悟，等觉悟到自性清净本心时才能做自己的主人，自主之后才得以过无碍自由、进退自在的生活，这时体会到生命的真意而有绝对的信心，也因知悉佛性本具有了生命的尊严。

但是自由自在不是放任，我们来看一个公案：

招提慧朗禅师造访石头希迁禅师。

问曰："如何是佛？"

师曰："汝无佛性！"

曰："蠢动含灵又作么生？"

师曰："蠢动含灵却有佛性。"

曰："慧朗为什么却无？"

师曰："为汝不肯承担！"

慧朗言下开悟。

好一个"为汝不肯承担"！自觉、自由、自在、自主、自信、自尊全是来自"承担"两字。承担不是我见我执的度量和计算，而是用无念的自我来面对客观的外境，是内外在世界的完全统一。最究竟的解脱是体证到圆满的自我生命，而进入解脱门的是即心即佛，心佛无二是最伟大的承担。

承担，就像青花菜昂然美丽地站在土地上。

承担，是坦然面对风雨，自在地盛放。

承担，是即使明日要凋谢，今天还能饱孕阳光，微笑地展颜。

作为花，就要努力开放；作为人，就要走向清净之路。这是承担。

那中部大平原的一亩青花菜的黄花，既有自由，又有承担，它站在那里默默地生长着，但它雷声一样地展示自己的自由，使我想起《金刚经》中的一句：

"说法者无法可说，是名说法。"

柔软心

1

我多么希望,我写的每一个字、每一篇文章都洋溢着柔软心的香味;我的每一个行为都有如莲花的花瓣,温柔而伸展。

因为我深信,一个作家在写字时,他画下的每一道线都有他人格的介入。

2

日本曹洞宗的开宗祖师道元禅师,传说他航海到中国来求禅,空手而来,空手而去,只得到一颗柔软心。

这是令人动容的故事,许多人认为道元禅师到中国求柔软心,并把柔软心带回日本。其实不然,柔软心是道元禅师本具的,甚至是人人本具的,只是,道元若不经过万里波涛,不到中国求禅,他本具的柔软心就得不到开发。

柔软心不从外得,但有时由外在得到启发。

3

学禅的人若无柔软心,禅就只是一种哲学,与存在主义无异。

柔软心并不是和稀泥一样的泥巴,柔软心有着包容的见地,它超越一切、包容一切。

柔软心是莲花,因慈悲为水,智慧做泥而开放。

4

有人问我:"为什么草木无心,也能自然地生长、开花、结果,有心的人反而不能那么无忧地过日子?"

我反问道:"你非草木,怎么知道草木是无心的呢?你说人有心,人的心又在哪里呢?假若草木真是无心,人如果达到无心的境界,当然可以无忧地过日子。"

"凡夫"的"凡"字就是中间多了一颗心,刚强难化的心与柔软温和的心并无别异。

具有柔软心的人,即使面对的是草木,也能将心比心,也能与草木至诚相见。

5

追鹿的猎师是看不见山的,捕鱼的渔夫是看不见海的。

眼中只有鹿和鱼的人,不能见到真实的山水,有如眼中只有名利权位的人,永远见不到自我真实的性灵。

要见山,柔软心要伟岸如山;要看海,柔软心要广大若海。

因为柔软,所以能够包容一切、含摄一切。

6

人在遇到人生的大疑、大乱、大苦、大难时,若未被击倒,自然会在其中超越而得到"定",因定而得清明,由清明而能柔软。

在柔软中,人可以和谐、单纯,进而达至意识的统一。

野狐禅、口头禅,最缺乏的就是柔软心。有柔软心的禅者不会起差别,不会贬抑净土,或密宗,或一切宗派,乃至一切众生。

7

有欲念,就有火气;有火气,就有烦恼。

柔软心使欲念的火气温和,甚至消散,当欲念之火消散了,就是菩提。

从烦恼到菩提的开关,就是柔软心。

8

　　佛陀教我们度化众生，并没有教我们苛求众生。我们要度化众生应在心中对众生没有一丝丝苛求，只有随顺。众生若可以被苛求，就不会沦为众生了。

　　随顺，就是处在充满仇恨的人当中，也不怀丝毫恨意。

　　随顺，就是随着充满黑暗的世界转动，自己还是一盏灯。

　　随顺，就是看任何人受苦，就有如自己受苦一般。

　　随顺，是柔软心的实践，也是柔软心点燃的香。

忧欢派对

有两位武士在树林里相遇了,他们同时看见树上的一面盾牌。

"呀!一面银盾!"一位武士叫起来。

"胡说!那是一面金盾!"另一位武士说。

"明明是一面银制的盾,你怎么硬说是金盾呢?"

"那是金盾是明显不过的,为什么你强词夺理说是银盾?"

两位武士争吵起来,始而怒目相向,继而拔剑相斗,最后两人都受了致命的重伤。当他们向前倒下的一刹那,才看清树上的盾牌,一面是金的,一面是银的。

我很喜欢这则寓言，因为它有极丰富的象征，它告诉我们，一件事物总可以两面来看，如果只看一面往往看不见真实的面貌，因此，自我观点的争执是毫无意义的。进一步地说，这世界本来就有相对的两面，欢乐有多少，忧患就有多少；恨有多切，爱就有那么深；祸兮福所倚，福兮祸所伏。所以我们要找到身心的平衡点，就要先认识这是个相对的世界。

人的一生，说穿了，就是相对世界追逐与改变的历程。我们通常会在主客、人我、是非、知见、言语、动静中浮沉而不自知，凡是合乎自己所设定的标准时，就会感到欢愉幸福，不合乎我们的标准时，就会感到忧恼悲苦。这个世界之所以扰攘不安，就是由于人人的标准都不同。而人之沉于忧欢的旋涡，则是因为我们过度地依赖感觉，感觉是变幻不定的，随外在转换的东西，使人都像走马灯一样，不停变换悲喜。

把人生的历程拉长来看，忧欢是生命中一体的两面，它们即使不同时现起，也总是相伴而行。

佛经里就有一个这样的故事：有两位仙女，一位人见人爱，美丽无比，名字叫作"功德天"；另一位人见人恶，丑陋至极，名字叫"黑暗天"。当功德天去敲别人的门时，总是受到热烈招待，希望她能永远在家里做客，可是往往只住很短暂的时间，

心美，
一切皆美

丑陋的黑暗天就接着来敲门，主人当然拒绝她走进家门一步。

这时候，功德天与黑暗天就会告诉那家的主人："我们是同胞姊妹，向来是形影不离的。如果要赶走妹妹，姊姊也不能单独留下来；如果要留下功德天，就必须让黑暗天也进门做客。"

愚蠢的主人就会把姊妹都留下来，他们为了享受功德，宁可承受黑暗。有智慧的主人则会把两姊妹都送走，宁可过恬淡的生活。

这也是一个非常有象征意味的寓言，它启示我们，有智慧的人"无求"，他知道人生的忧欢都只是客人而已，并非生命的本体，唯有不执着于功德的人，才不会有黑暗的侵扰，也唯有不追求欢乐的人，才不会落入忧苦的泥沼。

忧欢时常联手，这是生活里最无可奈何的景况。期许自己不被感觉所侵蚀的人，只有从超越感官的性灵入手。

有一次，我到一间寺庙去游玩，看到庙前树上挂着的木板上写着：

心安茅屋稳，

性定菜根香。

世事静方见，

辑三
心向平常生情味

人情淡始长。

安、定、静、淡应该是对治感官波动、悲喜冲击的好方法,可是在现实里并不容易做到。不过,一个追求智慧的人必须知道,幸福的感受与人的心情态度有着密切的关系。有时候,那些看似平淡的事物反而能有深刻悠长的力量。这是为什么在真实相爱的情侣之间,一朵五块钱玫瑰花的价值,不比一粒五克拉的钻石逊色。

一首流行甚广的民谣《茶山情歌》里有这样几句:

茶也青哟,
水也清哟,
清水烧茶,
献给心上的人,
情人上山你停一停,
喝口清茶,
表表我的心!

我每次听到这首歌,就深受感动。这原是采茶少女所唱的情歌,用青茶与清水来表达自己的情感,真是平常又非凡的表白。一个人的情感若能青翠如寒山雾气中的茶,清澈若山谷溪涧的水,确实是值得珍惜的,是可以像珍宝一样拿出来奉献的。

一杯清茶也可以如是缠绵,使人对情爱有更清净的向往,在爱恨炽烈的现代人看来,真是不可思议。然而,我们若要了解真爱,并进入人生更深刻的本质,就非使心情如茶般青翠、水样清明不可。可叹的是,现代人喝惯了浓烈的忧欢之酒,愈来愈少人懂得茶青水清的滋味了。

明朝时代,有一首山歌,和《茶山情歌》可以前后辉映:

不写情词不写诗,
一方素帕寄心知,
心知接了颠倒看,
横也丝来竖也丝,
这般心事有谁知?

一条白色的手帕,就能够如此丝缕牵缠,这种超乎言语的情意,现在也很少有人知了。

情爱,算是人间最浓烈的感觉了,若能存心如清茶、如素帕,那么不论得失,情意也不至于完全失去,自然也不会反目成仇,转爱成恨了。只是即使淡如清茶还是有忧欢的波澜,不能有清净的究竟。历史上的禅师以观心、治心、直心的方法来超越,使人能高高地站在忧欢之上。我们来看两个公案,可以让我们从清茶素帕再进一步,走入"高高山顶立,深深海底行"的世界。

有一位名叫玄机的尼师去参访雪峰禅师,禅师问说:"什么处来?"

曰:"大日山来。"

师曰:"日出也未?"

曰:"若出,则熔却雪峰。"

师曰:"汝名什么?"

曰:"玄机。"

师曰:"日织多少?"

曰:"寸丝不挂。"

雪峰听了默然不语,玄机十分得意,礼拜而退,才走了三步,雪峰禅师说:"你的袈裟角拖到地上了!"玄机回头看自己的袈裟,雪峰说:"好一个寸丝不挂!"

这是多么机锋敏捷的谈话,玄机尼师的寸丝不挂立即被雪峰禅师勘破。这个公案使我们知道从"清茶素帕"到"寸丝不挂"

之间是多么遥远的路途。

另一个公案是唐朝大诗人白居易去参惟宽禅师。

白居易："何以修心？"

惟宽："心本无损伤，云何要理？无论垢与净，切勿起念。"

白居易："垢即不可念，净无念可乎？"

惟宽："如人眼睛上一物不可住，金屑虽珍宝，在眼亦为病。"

惟宽禅师的说法使我们知道，纵是净的念头也像眼睛里的金屑，并不值得追求。那么，若能垢净不染，则欢乐自然也不可求了。

禅师不着于生命，乃至不着一切意念的垢净，并不表示清净的人必须逃避浊世人生。《西厢记》里有两句话："你撇下半天风韵，我拾得万种思量。"是说如果你不是那样美丽，我也不会如此思念你了。金圣叹看到这两句话就批道："昔时有人嗜蟹，有人劝他不可多食，他就发誓说：'希望来生我见不着蟹，也免得我吃蟹。'"这真是妙批，是希望从逃避外缘来免得爱恨的苦恼，但禅师不是这样的，他是从内心来根除染着，外缘上反而能不避，甚至可以无畏地承当了。也就是在繁花似锦之中，能向万里无寸草处行去！

宗宝禅师说得非常清楚透彻："圣人所以同者心也，凡人

辑三
心向平常生情味

所以异者情也。此心弥满清净,中不容他,遍界遍空,如十日并照。觌面堂堂,如临宝镜,眉目分明。虽则分明,而欲求其体质,了不可得。虽不可得,而大用现前,折、旋、俯、仰、见、闻、觉、知,一一天真,无暂时休废。直下证入,名为得道。得时不是圣,未得时不是凡。只凡人当面错过,内见有心,外见有境,昼夜纷纭,随情造业,诘本穷源,实无根蒂。若是达心高士,一把金刚王宝剑,逢着便与截断,却不是遏捺念虑,屏除声色。一切时中,凡一切事,都不妨他,只是事来时不惑,事去时不留。"

真到寸丝不挂的禅者,他不是逃避世界的,也不是遏止捺住念头或挂虑,当然更不是屏除一切声色,他只是一一天真地面对世界,而能"事来时不惑,事去时不留"。

这是多么广大、高远的境界!

我们凡夫几乎是做不到——天真、不惑不留的,却也不是不能转化忧欢的人生历练。我听过这样的故事:一位女歌手在演唱会中场休息的时候,知道了母亲过世的消息,她擦干眼泪继续上台做未完的表演,唱了许多欢乐之歌,带给更多人欢笑。

在这个世界上,还有更多的演员与歌手,他们必须在心情欢愉时唱忧伤之歌,演悲剧的戏;或者在饱受惨痛折磨时,必须唱欢乐的歌,演喜剧的戏。而不管他们演的是喜是悲,都是

心美,
一切皆美

为了化解观众生命的苦恼，使忧愁的人得到清洗，使欢喜的人更感觉幸福。文学家、音乐家、艺术家等心灵工作者，无不是这样子的。

实际人生也差不多是这样子，微笑的人可能是在掩盖心中的伤痛，哀愁者也可能隐藏或忽略了自己的幸福，更多的时候，是忧与欢的泪水同时流下。

不管是快乐或痛苦，人生的历程有许多没有选择余地的经验，这是有情者最大的困局。我们也许做不到禅师那样明净空如，但我们可以转换另一种表现，试图去跨越困局，使我们能茶青水清，并用来献给与我们一样有情的凡人，以自己无比的悲痛来疗治洗涤别人生命的伤口，困局经常是这样转化的，心灵往往是这样逐渐清明的。

因此，让我们幸福的时候，唱欢乐之歌吧！

让我们忧伤的时候，更加大声地唱欢乐之歌吧！

忧欢虽是有情必然的一种联结，但忧欢也只是生命偶然的一场派对！

季节十二帖

一月　大寒

冷也冷到顶点了。

高也高到极限了。

日光下的寒林没有一丝杂质，空气里的冰冷仿佛来自故乡遥远的北国，带着一些相思，还有细微几至不可辨认的骆驼的铃声。

再给我一点绿色吧，阳光对山说。

再给我一点温暖吧，山对太阳说。

再给我一朵云,再给我一把相思吧,空气对山岚说。

我们互相依偎取暖,究竟,冷也冷到顶点,高也高到极限了。

二月　立春

春气始至,下弦月是十一日的七时一分。

"如果月光开始温柔照耀的时候,请告诉我。"地底的青虫对着荷叶上的绿蛙说。

"我忙得很呢!我还要告诉茄子、白芋、西瓜、蕹菜、肉豆、苋菜,它们发芽的时间到了。"蛙说。

"那么谁来告诉我春天到来了呢?"青虫说。

"你可以静听远方的雷声,或是仕女们踏青的步声呀!"蛙说。

青虫遂伏耳静听,先听见的竟是抽芽的青草血液流动的声音。

三月　惊蛰

"雷鸣动,蛰虫皆震起而出,故名惊蛰。"

我们可以等待春天的第一声雷,到草原去,那以为是地震的蛰虫都沙沙地奔跑,互相走告:雷在春天,不知道为什么这一次打到地底来了。蚱蜢都笑起来,其实年年雷都震动地底,只是蛰虫生命短暂,不知道去年的事吧!

在童年遥远的记忆中,我们喜欢春天到草原去钓蛰虫,一株草伸入洞里,蛰虫就紧紧咬住,有如咬住春天。

童年老树下的回忆,在三月里想起来,特别有春阳一般的温馨。

四月　清明

"时万物皆洁齐而清明,盖时当气清景明,万物皆显,因此得名。"

这一次让我们去看四月里温柔的草原与和煦的白云吧!因为如果错过了四月的草之绿与云之白,今年就再也没有什么景

心美,
一切皆美

色可以领略了。

但是,别忘了出发前让心轻轻地沉静下来,用一种清明的心情去观照天空与花树的对话。

我走出去,感觉被和风包围,我对着一朵含苞的小黄花说:"亲爱的,四月的时候不要睡着了。"

五月　小满

天空突然下起雨来,对于天上的雨,我们没有拒绝的权利,我们总是默默地接受了。

站在屋檐下避雨,我想着:为什么初夏的雨总没来由地下着?这时,竟有一些些美丽的心情,好像心里也被雨湿润了,痴痴地想起,某一年,也是这样的五月,也是这样突然的初夏之雨,与一个心爱的人奔过落雨的大街。

冲进屋檐下的骑楼,抬头正与一个厢壁的石雕相遇,那石雕今日仍在,一起走过雨路的人,却远了。

五月的雨,总也是突然就停了。

阳光笑着,从天上跌落下来。

六月　芒种

"此时可种有芒之谷,过此即失效,故名芒种也。"

坐火车飞过田野,偶尔会见到农夫正在田中插秧,点点的嫩绿在风中显得特别温柔,甚至让人忘记了那每一株都有一串汗水。

芒种,是多么美的名字。稻子的背负是芒种,麦穗的承担是芒种,高粱的波浪是芒种,天人菊在野风中盛放是芒种……有时候感觉到那一<u>丝丝</u>落下的阳光,也是芒种。

六月的明亮里,我们能感受到四处流动的光芒。

芒种,是深深把光芒植根,在某些特别的时候,我呼唤着你的名字,就仿佛把光芒种植。

七月　小暑

院里的玫瑰花,从去年落了以后就没有再开。

叶子倒仍然十分青翠,枝干也非常刚强,只是在落雨的黄昏,窗子结满雾气,从雾里看出去,就见到了去年那个孤寂的自己。

这一次从海岸回来，意外地看到玫瑰花结成的苞，惊喜地感觉自己又寻回年轻时那温婉的心情，这小小的花，小小的暑气，使我感觉到真实的自我。

泡一杯碧螺春，看玫瑰花在暑气里挣扎开放，突然听见在遥远海边带回来的涛声，一波又一波清洗着我心灵的岬角。

八月　立秋

"秋训：禾谷熟也。"

梦里醒来的时候，推窗，发现天上还洒着月光。

仿佛才刚刚睡去，怎么忽然就从梦里醒来了呢？

刚刚确实是做了梦的，我努力回想梦境，所有的情节竟然都隐没了，只剩下一个古老的、优雅的、安静的回廊，回廊里有轻浅的步声，好像一声一声地从我的心头踩过。

让我再继续这个梦吧！躺下时我这样许着愿。

我果然又走进那个回廊，步声是我自己的，千回百转才走到出口，原来出口的地方满天红叶，阳光落了一地。

原来是秋天了，我在回廊里轻轻叹口气。

辑三
心向平常生情味

九月　白露

"阴气渐重，凌而为露，故名白露。"

几棵苍郁的树，被云雾和时间洗过，流露出一种沧桑的神色。我站在这山最高的地方下望，云一波波地从脚下流过，鸟声从背后传来，我好像也懂了站在这里的树的心情——站在最高的地方可以望远，但也要承担高的凄冷，还有那第一波来的白露。

候鸟大概很快就要从这里飞过，到南方的海边去了吧？

这时站在云雾封弥的山上，我闭上眼睛，就像看见南方那明媚的海岸。

十月　霜降

这一次我离开你，大概就不容易再见到你了。

暮色过后，我会有一个真正的离开，就让天空温柔的晚霞做最后见证，有一天再看见同样美的晚霞，不管在何时何地，我都会想起你来。

霜已经开始降了，风徐徐的，泪轻轻的。为了走出黑暗的悲剧，我只好悄悄离去。

我走的时候，感到夜色好冷，一股凉意自我的心头刺过。

十一月　立冬

"冬者，终也。立冬之时向，万物终成，故名立冬。"

如果要认识青春，就要先认识青春有终结的时候。

为花的开放而欢喜，为花的凋落而感伤，这样，我们永远不能认识流过的时间，是一种自然的呈现。

在园子里紫丁香花开的时候，让我们喝春天的乌龙吧！

在群花散尽、木棉独自开放的冬日，让我们烘着暖炉，听韦瓦第，喝咖啡吧！

冬天是多么美，那枝头最后落下的一朵木棉，是绝美！

十二月　冬至

"吃过这碗汤圆，就长一岁了。"冬至的时候，母亲总是这样说。

母亲亲手做的汤圆格外好吃,尤其是在寒冷的冬夜,又和着成长的传说。

吃完汤圆,我们就全家围在一起喝热茶,看腾腾热气在冷的气候中久久不散。茶是父亲泡的,他每天都喝茶,但那一天,他环顾我们说:"果然又长大一些。"

那是很多年前冬至的记忆,父亲逝世后,在冬至,我常想起他泡的茶,香味至今仍在齿颊。

河的感觉

1

秋天的河畔,菅芒花开始飞扬了,每当风来的时候,它们就唱一种洁白之歌。芒花的歌虽是静默的,在视觉上却非常喧闹,有时会见到一粒完全成熟的种子,突然爆起,向八方飞去,那时就好像听见一阵高音,哗然。

与白色的歌相应和的,还有牵牛花的紫色之歌。牵牛花瓣给人的感觉是那样柔软,似乎吹弹得破,但没有一朵牵牛花被秋风吹破。

辑三
心向平常生情味

  这牵牛花整株都是柔软的，与芒花的柔软互相配合，给我们的感觉是，虽然大地已经逐渐冷肃了，山河仍是如此清朗，特别是有阳光的秋天清晨，柔情而温暖。

  河的两岸，被刷洗得几乎仅剩砾石的河滩，虽然有各种植物，却以芒花和牵牛花争吵得最厉害，它们都以无限的谦卑匍匐前进。偶尔会见到几株还开着绒黄色碎花的相思树，它们的根在沙石上暴露，有如强悍的爪子抓入土层的深处，比起牵牛花，相思树高大得像巨人一样，抗衡着沿河流下来的冷。

  河则十分沉静，秋日的河水浅浅的、清澈的，在卵石中穿梭，有时流到较深的洞，仿佛平静如湖。

  我喜欢秋天的时候到砾石堆中捡石头，因为夏日在河岸嬉游的人群已经完全隐去，河水的安静使四周的景物历历。

  河岸的卵石，实在有一种难以言喻之美。它们长久在河里接受刷洗，比较软弱的石头已经化成泥水往下游流去，坚硬者则完全洗净外表的杂质，在河里的感觉就像宝石一样。被匠心磨去了棱角的卵石，在深层结构里的纹理，就会像珍珠一样显露出来。

  我溯河而上，把捡到的卵石放在河边有如基底的巨石上接受秋日阳光的曝晒，准备回来的时候带回家。

心美,
一切皆美

连我自己都不能确知,为什么那样爱捡石头,这里面一定有什么原因还没有被探触到。有时我在捡石头时突然遇到陌生者,我会觉得羞怯,他们总用质疑的眼光看着我这异于常人的举动。或者当我把石头拾回,在庭院前品察,并为之分类的时候,熟识的乡人也会以一种似笑非笑的眼光看我。一个人到了三十六岁还有点像孩子似的捡石头,连我自己也感到迷思。

那不纯粹是为了美感,因为有一些我喜爱的石头禁不起任何美丽的分析,只是当我在河里看到它时,它好像漂浮在河面,与别的石头都不同。那感觉好像走在人群中突然看见一双仿佛熟识的眼睛,互相闪动了一下。

我不只捡乡间河畔的石头,在国外旅行时,如果遇到一条河,我总会捡几粒石头回来做纪念。例如有一年我在尼罗河捡了一袋石头回来摆在案前,有人问起,我总说:"这是尼罗河捡来的石头。"那人把石头来回搓揉,然后说:"尼罗河的石头也没有什么嘛!"

石头捡回来,我很少另做处理,只有一次是例外,我在垦丁海岸捡到几粒硕大的珊瑚礁石,看出它原是白色的,却蒙上了灰色的风尘,我就用漂白水泡了三天三夜,使它洁白得像在海底看见的一样。

我还有一些在沙仑淡水河口捡到的石头,是纯黑的,隐在长着浒苔的大石缝中。同样是这岛上的石头,有的纯白,有的玄黑,一想到,就觉得生命颇有迷离之感。

我并不像一般的捡石者,他们只对石头里浮出的影像有兴趣,例如石上正好有一朵菊花、一只老鼠或一条蛇,我的石头是没有影像的,它们只是记载了一条河的某些感觉,以及我和那条河会面的刹那。但偶尔我的石头会出现一些像云、像花、像水的纹理,那只是一种巧合,让我感觉到石头在某个层次上是很柔软的。这种坚强中的柔软之感,使我坚信,在最刚强的人心中,我们必然也可看见一些柔软的纹理,里面有着感性与想象,或者梦一样的东西。

在我的书桌上、架子上甚至地板上,到处都堆着石头,有时在黑夜开灯,觉得自己正在河的某一处激流里,接受生命的冲刷。

那样的感觉好像走在人群中突然看见一双仿佛熟识的眼睛,互相闪动了一下。

2

走在人群中看见熟识的眼睛，互相闪动，常常让我有河的感觉。

我在台北居住的时候，会沿着永吉路、基隆路，散步到忠孝东路去。在最繁华的忠孝东路，我喜欢在人群里东张西望，或者坐在有玻璃大窗的咖啡店旁边，看着流动如河的人群。虽然人群是那样拥挤，却反而给我一种特别的宁静之感，好像秋日的河岸。

在人群中的静观，使我不至于在枯木寒灰的隐居生活中沦入空茫的状态。我知道了人心的喧闹，人间的匆忙，以及人是多么渺小，有如河里的一粒卵石。

我是多么喜欢观察人间的活动，并且在波动的混乱中找寻一些美好的事物，或者说找寻一些动人的眼睛。人的眼睛是五官中最会说话的，它无时无刻不表达着比嘴巴还要丰富的语言，婴儿的眼睛纯净，儿童的眼睛好奇，青年的眼睛有叛逆之色，情侣的眼睛充满了柔情，主妇的眼睛充满了分析与评判，中年人的眼睛沉稳浓重，老年人的眼睛，则有历经沧桑后的一种苍茫。

与其说我是在杂沓的城市中看人，还不如说我在寻找着人的眼睛，这也是超越了美感的赏析的态度。我不太会在意人们穿什么衣裳，或者在意现在流行什么，或者什么人是美的或丑的，回到家里，浮现在我眼前的，总是人间的许许多多眼神，这些眼神，记载了一条人的河流的某些感觉，以及我和他们相会时的刹那。

有时，见到两个人在街头偶然相遇，在还没有开口说话之前，他们的眼神就已经先惊呼出声，而在打完招呼错身而过时，我看见了眼里轻微的叹息。

我们要了解人间，应该先看清众生的眼睛。

有一次，在统领百货公司的门口，我看到一位年老的婆婆带着一个稚嫩的孩子，坐在冰凉的磨石地板上乞讨。老婆婆俯低着头，看着眼前一个装满零钱的脸盆，小孩则仰起头来，有一对黑白分明的眼睛，滴溜溜转着，看着从前面川流过的人群。那脸盆前有一张纸板，写着双目失明的老婆婆家里沉痛的灾变，她是如何悲苦地抚育着唯一的孙子。

我坐在咖啡厅临窗的位置，却看到好几次，每当有人丢下整张的钞票时，老婆婆会不期然地伸出手把钞票抓起，匆忙地塞进黑色的袍子里。

乞讨的行为并不令我心碎，只是让我悲悯，当她把钞票抓

心美,
一切皆美

起来的那一刹那,我才真正心碎了。好眼睛的人不能抬眼看世界,却要装成失明者来谋取生存,更让人觉得眼睛是多么重要。

这世界有许多好眼睛的人,却用心把自己的眼睛蒙蔽起来。周围的店招上写着"深情推荐""折扣热卖""跳楼价""最心动的三折"等,无不是在蒙蔽我们的眼睛,让我们贪婪的心伸出手来,想要占取这个世界的便宜,就好像卵石相碰的水花,这世界的便宜岂是如此容易就被我们侵占的?

人的河流里有很多让人无奈的事相,这些事相益发令人感到生命之悲苦。

有一个问卷调查报告,青少年十大喜爱的活动,排在第一位的竟是逛街,接下来是看电影、游泳。其实,这都是河流的事,让我看见了,整个城市这样流过来又流过去,每个人在这条河流里游泳,每个人扮演自己的电影,在过程中茫然地活动,并且等待结局。

最好看的电影,结局总是悲哀的,但那悲哀不是流泪或者号啕,只是无奈,加上一些些茫然。

有一个人说,城市人擦破手,感觉上比乡下人擦破手,还要痛得多。那是因为,城市里难得有破皮流血的机会,为什么呢?因为人人都已是一粒粒的卵石,足够圆滑,并且知道如何来避

辑三
心向平常生情味

免伤害。

可叹息的是，如果伤害是来自别人、来自世界，总可以找到解决的方法，但城市人的伤害往往来自无法给自己定位，伤害到后来就成为人情的无感。所以，有人在街边乞讨，甚至要伪装成盲者才能唤起一丁点的同情，带给人的心动，还不如"最心动的三折"。

这往往让人想到溪河中的卵石，卵石由于长久推挤，只能互相碰撞，但河岸的风景、水的流速、季节的变化，永远不是卵石关心的主题。

因此，城市里永远没有阴晴与春秋，冬日的雨季，人还是一样渴切地在街头流动。

你流过来，我流过去，在红灯的地方稍做停留，步过人行道，在下一个绿灯分手。

"你是哪里来的？"

"你将要往哪里去？"

没有人问你，你也不必回答。

你只要流着就是了，总有一天，会在某处河岸搁浅。

没有人关心你的心事，因为河水是如此湍急，这是人生最大的悲情。

心美,
一切皆美

3

河水是如此湍急,这是人生最大的悲情。

我很喜欢坐船。如果有火车可达的地方,我就不坐飞机;如果有船可坐,我就不搭火车。那是由于船行的速度,慢一些,让我的心可以沉潜;如果是在海上,船的视界好一些,使我感到辽阔;最要紧的是,船的噗噗的马达声与我的心脏合鸣,让我觉得那船是由于我心脏的跳动才开航的。

所以在一开航的刹那,就自己叹息:

呀!还能活着,真好!

通常我喜欢选择站在船尾,在船行过处,它掀起的波浪往往形成一条白线,鱼会往波浪翻涌的地方游来,而海鸥总是逐波飞翔。

船后的波浪不会停留太久,很快就会平复了,这就是"船过水无痕",可是在波浪平复的当时,在我们的视觉里它好像并未立刻消失,总会盘旋一阵,有如苍鹰盘飞的轨迹。如果看一只鹰飞翔久了,等它遁去的时刻,感觉它还在那里绕个不停,其实,空中什么也不见了,水面上什么也不见了。

我的沉思总会在波浪彻底消失时沦陷,这使我感到一种悲怀，人生的际遇事实上与船过的波浪一样，它必然是会消失的，可是它并不是没有，而是时空轮替自然的悲哀。如果老是看着船尾，生命的悲怀是不可免的。

那么让我们到船头去吧！看船如何把海水分割为二，如何以勇猛的香象截河之势，载我们通往人生的彼岸。一艘坚固的船是由很多的钢板千锤百炼铸成的，由许多深通水性的人驾驶，这里面就充满了承担之美。

让我也能那样勇敢地破浪、承担，向某一个未知的彼岸航去。

这样想时，就好像见到一株完全成熟的芒花，突然爆起，向八方飞去，使我听见一阵洁白的高音，唱哗然的歌。

辑四

心怀柔软 除挂碍

我们走过的每一步不一定是完美的,
但每一步都有值得深思的意义。

幸福的开关

一直到现在，我每看到在街边喝汽水的孩童，总会多注视一眼。而每次走进超级市场，看到满墙满架的汽水、可乐、果汁饮料，心里则颇有感慨。

看到这些，总令我想起童年时代想要喝汽水而不可得的景况。在台湾初光复不久的那几年，乡间的农民虽不至饥寒交迫，但是想要三餐都吃饱似乎也不太可得，尤其是人口众多的家族，更不要说有什么零嘴饮料了。

我小时候对汽水有一种特别奇妙的向往，原因不在于汽水有什么好喝，而是由于喝不到汽水。我们家族是有几十口人的

辑四
心怀柔软除挂碍

大家族，小孩依次排行就有十八个之多，记忆里东西仿佛永远不够吃，更别说是喝汽水了。

喝汽水的时机有三种：一种是喜庆宴会，一种是过年的年夜饭，一种是庙会节庆。即使有汽水，也总是不够喝，到要喝汽水时，好像进行一个隆重的仪式，十八个杯子在桌上排成一列，依序各倒半杯，几乎喝一口就光了，然后大家舔舔嘴唇，觉得汽水的滋味真是鲜美。

有一回，我走在街上的时候，看到一个孩子喝饱了汽水，站在屋檐下嗳气，嗳长长的一声，我站在旁边简直看呆了，羡慕得要死掉，忍不住忧伤地自问道：什么时候我才能喝汽水喝到饱？什么时候才能喝汽水喝到嗳气？因为到读小学的时候，我还没有尝过喝汽水喝到嗳气的滋味，心想，能喝汽水喝到把气嗳出来，不知道是何等幸福的事。

当时家里还点油灯，灯油就是煤油，闽南语称作"臭油"或"番仔油"。有一次我的母亲把臭油装在空的汽水瓶里，放置在桌脚旁，我趁大人不注意，一个箭步就把汽水瓶拿起来往嘴里灌，当场两眼翻白、口吐白沫，经过医生的急救才活转过来。为了喝汽水而差一点丧命，后来成为家里的笑谈，却并没有阻绝我对汽水的向往。

心美，
一切皆美

　　在小学三年级的时候，有一位堂兄快结婚了，我在他结婚的前一晚竟辗转反侧地失眠了，我躺在床上暗暗地发愿：明天一定要喝汽水喝到饱，至少喝到嗳气。

　　第二天我一直在庭院前窥探，看汽水送来了没有，到上午九点多，看到杂货店的人送来几大箱的汽水，堆叠在一处。我飞也似的跑过去，提了两大瓶黑松汽水，就往茅房跑去。彼时农村的厕所都盖在远离住屋的几十公尺之外，有一个大粪坑，几星期才清理一次，我们小孩子平时是很恨进茅房的，卫生问题通常是就地解决，因为里面实在太臭了。但是那一天我早计划好要在里面喝汽水，那是家里唯一隐秘的地方。

　　我把茅房的门反锁，接着打开两瓶汽水，然后以一种虔诚的心情，把汽水咕嘟咕嘟地往嘴里灌，就像灌蟋蟀一样，一瓶汽水一会儿就喝光了，几乎一刻也不停地，我把第二瓶汽水也灌进腹中。

　　我的肚子整个胀起来，我安静地坐在茅房地板上，等待着嗳气，慢慢地，肚子有了动静，一股沛然莫之能御的气翻涌出来，嗳——汽水的气从口鼻冒了出来，冒得我满眼都是泪水，我长长地叹了一口气："这个世界上再也没有比喝汽水喝到嗳气更幸福的事了吧！"然后朝圣一般打开茅房的木栓，走出来，发现阳光是那么温暖明亮,好像从天上回到了人间。

每一粒米都充满幸福的香气

在茅房喝汽水的时候,我忘记了茅房的臭味,忘记了人间的烦恼,觉得自己是世上最幸福的人,一直到今天我还记得那年叹息的情景,当我重复地说:"这个世界上再也没有比喝汽水喝到嗳气更幸福的事了吧!"心里百感交集,眼泪忍不住就要落下来。

贫困的岁月里,人也能感受到某些深刻的幸福,像我常记得添一碗热腾腾的白饭,浇一匙猪油、一匙酱油,坐在"户定"(厅门的石阶)前细细品味猪油拌饭的芳香,那每一粒米都充满了幸福的香气。

有时这种幸福不是来自食物,我记得当时在我们镇上住了一位卖酱菜的老人,他每天下午的时候都会推着酱菜摊子在村落间穿梭。他沿路都摇着一串清脆的铃铛,在很远的地方就可以听见他的铃声,每次他走到我们家的时候,都在夕阳将落下之际,我一听见他的铃声就跑出来,看见他浑身都浴在黄昏柔

心美，
一切皆美

美的霞光中，那个画面、那串铃声，使我感到一种难言的幸福，好像把人心灵深处的美感全唤醒了。

有时幸福来自自由自在地在田园中徜徉了一个下午。

有时幸福来自看到萝卜田里留下来作种的萝卜，开出一片宝蓝色的花。

有时幸福来自家里的大狗突然生出一窝颜色都不一样的毛茸茸的小狗。

生命的幸福原来不在于人的环境、人的地位、人所能享受的物质，而在于人的心灵如何与生活对应。因此，幸福不是由外在事物决定的，贫困者有贫困者的幸福，富有者有其幸福，位尊权贵者有其幸福，身份卑微者也自有其幸福。在生命里，人人都是有笑有泪；在生活中，人人都有幸福与忧恼，这是人间世界真实的相貌。

从前，我在乡间城市穿梭做报道访问的时候，常能深刻地感受到这一点，坐在夜市喝甩头仔米酒配猪头肉的人，他感受到的幸福往往不逊于坐在大饭店里喝 XO 的富豪。蹲在寺庙门口喝一斤二十元粗茶的农夫，他得到的快乐也不逊于喝冠军茶的人。围在甘蔗园呼幺喝六，输赢只有几百元的百姓，他得到的刺激绝对不输于在梭哈台上输赢几百万的豪华赌徒。

这个世界原来就是个相对的世界，而不是绝对的世界，因此幸福也是相对的，不是绝对的。

由于世界是相对的，所以到处都充满了缺憾，充满了无奈与无言的时刻。但也由于相对的世界，我们不论处在任何景况，都还有幸福的可能，在绝壁之处也能见到缝隙中的阳光。

我们幸福的感受不全然是世界所给予的，而是来自我们对外在或内在的价值判断，我们的幸福与否，正是由自我的价值观来决定的。

以直观来面对世界

如果，我们没有预设的价值观呢？如果，我们可以随环境调整自己的价值判断呢？

就像一个不知道金钱、物质为何物的赤子，他得到一千元的玩具与十元的玩具，都能感受到一样的幸福。这是他没有预设的价值观，能以直观来面对世界，世界也因此以幸福来面对他。

就像我们收到陌生者送的贵重礼物，带给我们的幸福感还不如知心朋友寄来的一张卡片。这是我们随环境来调整自己的判断，能透视物质包装内的心灵世界，幸福也因此来面对我们的心灵。

所以，幸福的开关有两个：一个是直观，一个是心灵的品味。

这两者不是来自远方，而是由生活的体会得到的。

什么是直观呢？

有源律师问大珠慧海禅师："和尚修道，还用功否？"

大珠："用功。"

"如何用功？"

"饿来吃饭，困来眠。"

"一切人总如同师用功否？"

"不同！"

"何故不同？"

"他吃饭时不肯吃饭，百种须索；睡时不肯睡，千般计较。所以不同也。"

好好地吃饭、好好地睡觉就是最大的幸福、最深远的修行，这是多么伟大的直观！在禅师的语录里有许多这样的直观，都是在教导启示我们找到幸福的开关，例如：

百丈怀海说："如今对五欲八风，情无取舍，垢净俱亡，如日月在空，不缘而照；心如木石，亦如香象截流而过，更无滞碍，此人天堂地狱所不能掇也。"

庞蕴居士说："神通并妙用，运水与搬柴。""好雪片片，不落别处。"

沩山灵祐说："一切时中，视听寻常，更无委曲，亦不闭眼塞耳，但情不附物，即得……譬如秋水澄渟，清净无为，澹泞无碍，唤他作道人，亦名无事之人。"

黄檗希运说："凡人多不肯空心，恐落空。不知自心本空，愚人除事不除心，智者除心不除事。""终日吃饭，未曾咬着一粒米；终日行，未曾踏着一片地。与么时，无人我等相，终日不离一切事，不被诸境惑，方名自在人。"

在禅师的话语中，我们在在处处都看见了一个人如何透过直观，找到自心的安顿、超越的幸福。若要我说世间的修行人所为何事，我可以如是回答："是在开发人生最究竟的幸福。"这一点禅宗四祖道信早就说过了，他说："快乐无忧，故名为佛！"读到这么简单的句子使人心弦震荡，久久还绕梁不止，这不是人间最大的幸福吗？

只是在生命的起落之间，要人永远保有"快乐无忧"的心境是何其不易，那是远远越过了凡尘的青山与溪河的胸怀。因此另一个开关就显得更平易了，就是心灵的品味，仔细地体会

心美，
一切皆美

生活环节的真义。

垂丝千尺，意在深潭

现代诗人周梦蝶，他吃饭很慢很慢，有时吃一顿饭要两个多小时，有一次我问他："你吃饭为什么那么慢呢？"

他说："如果我不这样吃，怎么知道这一粒米与下一粒米的滋味有什么不同？"

我从前不知道他何以能写出那样清新空灵、细致无比的诗歌，听到这个回答时，我完全懂了，那是来自心灵细腻的品味，有如百千明镜鉴像，光影相照，使我们看见了幸福原是生活中的花草，粗心的人践花而过，细心的人怜香惜玉罢了。

这正是黄龙慧南说的："高高山上云，自卷自舒，何亲何疏；深深涧底水，遇曲遇直，无彼无此。众生日用如云水，云水如然人不尔。若得尔，三界轮回何处起？"

也是克勤圆悟说的："三百六十骨节，一一现无边妙身；八万四千毛端，头头彰宝王刹海。不是神通妙用，亦非法尔如然；苟能千眼顿开，直是十方坐断！"

辑四
心怀柔软除挂碍

众生在生活里的事物就像云水一样，云水如此，只是人不能自卷自舒，遇曲遇直，都保持幸福之状。保有幸福不是什么神通，只看人能不能千眼顿开，有一个截然的面对。

"垂丝千尺，意在深潭。"我们若想得到心灵真实的归依处，使幸福有如电灯开关，随时打开，就非时时把品味的丝线放到千尺以上不可。

人间的困厄横逆固然可畏，但人在横逆困厄之际，没有自处之道，不能找到幸福的开关才是最可怕的。因为这世界的困境牢笼不光为我一个人打造，人人皆然，为什么有的人幸福，有的人不幸，实在值得深思。

我有一位朋友，是一家大公司的经理，有一天，我约他去吃番薯稀饭，他断然拒绝了。

他说："我从小就是吃番薯稀饭长大的。十八岁那一年我坐火车离开彰化家乡，在北上的火车上我对天发誓：这一辈子我宁可饿死，也不会再吃番薯稀饭了。"

我听了怔在当地。就这样，他二十年没有吃过一口番薯，也许是这样决绝的志气与誓愿，使他步步高升，成为许多人欣羡的成功者。不过，他的回答真是令我惊心，因为在贫困岁月里抚养我们成长的番薯是无罪的呀！

当天夜里,我独自去吃番薯稀饭,觉得这被目为卑贱象征的地瓜,仍然滋味无穷。我也是吃番薯稀饭长大的,但不管何时何地吃它,总觉得很好,充满了感恩与幸福。

走出小店,仰望夜空的明星,我听到自己步行在暗巷中清晰而渺远的足音,仿佛是自己走在空谷之中。我知道,我们走过的每一步不一定是完美的,但每一步都有值得深思的意义。

只是,空谷足音,谁愿意驻足聆听呢?

水晶石与白莲花

在花莲盐寮海边,有一种石头是白色的,温润含光,即使在最深沉的黑暗中,它还给人一种纯净的光明的感觉。把灯打开,它的美就砰然一响,抚慰人的眼目。把它泡在水里,透明纯粹一如琉璃,不像是人间之石。

听孟东篱谈到这样的石头,我们在夜晚就去了盐寮海边,在去的路上,他说:"这种石头被日本人搜购了很多,现在可能找不到了。"等我们到了盐寮,他一一敲开邻居的大门,虽然只是晚上九点,海滨乡间的居民都已经就寝了。听我们说明来意,孟东篱的第一个邻居把家里珍藏的水晶石用双手捧出来,说:"只有这些了。"

数一数,他的手里只有八颗石头。

幸好找到第二个邻居,她用布袋提出一袋来,放在磅秤上说:"十公斤,就这么多了。"

然后她把水晶石倒在铺了花布的地板上,哗啦一声,一地的琉璃,我们的惊叹比石头滚地的声音还要哗然。

我一向非常喜欢石头,捡过的石头少说也有数千颗,不过,这水晶石使我有一种低回喟叹的感受,在雄山大水的花莲竟然孕育出这许多透明浑圆、没有缺憾的石子,真是令人颤动呀!

妇人说,从前的海边到处都是这种石头,一天可以捡好几公斤,现在在海边走了一天,只能拾到一两粒,它变得如此稀有,是不可思议的。

疑似水晶的石头原不产在海里,它是花莲深山的蕴藏,在某一个世代,山地崩裂,石块滚落海岸,海浪不断地磨洗、侵蚀、冲刷,使其成为圆而晶明的面目。

疑似水晶的石头比水晶更美,因为它有天然的朴素的风格,它没有凿痕,是钟灵毓秀的孕生,又受过海浪永不休止的试炼。

疑似水晶的石头使人想起白莲花,白莲花是穿过了污泥染着的试探,把至美至香至纯净的花朵高高标起到水面;水晶石

辑四
心怀柔软除挂碍

是滚过了高高的山顶、深深的海底，把至圆至白至坚固的质地轻轻地滑到了海滨。

天地间可惊赞的事物不少，水晶石与白莲花都是；人世里可仰望的人也不少，居住在花莲的证严法师就是。

第一次见到证严法师，就有一种沉静透明如琉璃的感觉，这个世界上有些人不必言语就能给人一种力量，那种力量虽然难以形容，却不难感受。证严法师的力量来自她的慈悲，还有她的澄澈。佛经里说慈悲是一种"力"，清净也是一种"力"，证严法师是语默动静都展现着这种非凡的力量。

她的身形极瘦弱，听说身体向来就不好；她说话很慢很慢，声音清细，听说她每天应机说法、不得睡眠，嘴里竟生了疮；她走路很从容、轻巧，一点声音也无，但给人的感觉是每一步都有沉重的背负与承担；她吃饭吃得很少，可是碗里盘里不会留下一点渣，她的生活就像那样子一丝不苟。

有人问她："师父天天济贫扶病，每天看到人间这么多悲惨事相，心里除了悲悯，情绪会不会被牵动，觉不觉得苦？"

她说："这就像爬山的人一样，山路险峻，流血流汗，但他们一点也不觉得辛苦。不想爬山的人，拉他去爬山，走两步就叫苦连天了。看别人受苦，恨不能自己来代他们受，受苦的人能得到援助,是最令我欣慰的事。"

我想,这就是她的精神所在了,慈济功德会的志业现在已经全世界都知道了,它也是近代最有象征性的佛教事业,大家也耳熟能详,不必赘述,一起来看看我两次访问证严师父,随手记下的语录吧:

"这世间有很多无可奈何的事、无可奈何的时候,所以不要太理直气壮,要理直气和。做大事的人有时不免要求人,但更要有自己的尊严。"

"未来的是妄想,过去的是杂念,要保护此时此刻的爱心,谨守自己的本分,不要小看自己,因为人有无限的可能。"

"人心乱,佛法就乱,所以要弘扬佛法,人心要定,求法的心要坚强。"

"医生在病人的眼里就是活佛,护士就是白衣大士,是观世音菩萨,所以慈济是大菩萨修行的道场。"

"这世界总有比我们悲惨的人,能为别人服务的人比被服务的人有福。"

"现代世界,名医很多,良医难求,我们希望来创造良医,用宗教精神启发良知,以医疗技术来开发良能,这就能创造良医。"

辑四
心怀柔软除挂碍

"我一开始创建慈济的时候是救穷,心想一定要很快消灭贫穷,想不到愈救愈多,后来发现许多穷是因病而起的,要救穷,就要先救病,然后才盖了医院。所以,要去实践,才知道众生需要的是什么。"

"不要把阴影覆在心里,要散发光和热,生命才有意义。"

"菩萨精神是永远融入众生的精神,要让菩萨精神永远存在这个世界,不能只有理论,也要有实质的表现。慈悲与愿力是理论,慈济的工作就是实质的表达,我们希望把无形的慈悲化为坚固的永远的工作。"

"一个人在绝境时还能有感恩的心是很难得的,一个永保感恩心付出的人,就比较不会陷入绝境。"

"每一分菩提心,就会造就一朵芳香的莲花。"

"当我决心要创建一座大医院时,一无所有,别人都告诉我那是不可能的,但我有的只是像地藏菩萨的心,这九个字给我很大的力量:我不入地狱,谁入地狱!"

"我得过几次大病,濒临死亡,我早就觉悟到人的生命不会久长,但每次总是想,如果我突然离开这世界,那么多孤苦无依的人怎么办?"

…………

心美，
一切皆美

　　这都是随手记下来的师父说的话，很像海浪中涌上来的水晶石，粒粒晶莹剔透，令人感动。

　　师父的实践精神不只表达在慈济功德会这样大的机构上，也落实在生活的每一个细节中，她们自己种菜，自己制造蜡烛，自己磨豆粉，"静思精舍"一直到现在都还保有这种实践的精神，甚至这幢美丽素朴的建筑也是师父自己设计的，连屋上的水泥瓦都是来自她的慧心。

　　师父告诉我从前在小屋中修行，夜里对着烛光读经，曾从一支烛得到了开悟，她悟到了：一支蜡烛如果没有心就不能燃烧，即使有心，也要点燃才有意义，点燃了的蜡烛会有泪，但总比没有燃烧的好。

　　她悟到了：一滴烛泪一旦落下来，立刻就被一层结出的薄膜止住，因为天地间自有一种抚慰的力量，这种力量叫"肤"。为了证验这种力量，她在左臂上燃香供佛，当皮被烧破的那一刹那，立即有一阵清凉覆盖在伤口上，那是"肤"，台湾话里，孩子受伤，妈妈会说："来！妈妈肤肤！"这种力量是充盈在天地之间的。

　　她悟到了：生死之痛，其实就像一滴烛泪落下，就像受伤了，突然被"肤"。

辑四
心怀柔软除挂碍

她悟到了：这世界无时无刻不在对我们说法，这种说法常是无声的，有时却比声音更深刻。

师父由一支蜡烛悟到的"烛光三昧"，想必对她后来的行事有影响，她说很喜欢烛光的感觉，于是她自己设计了蜡烛，自己制造，并用蜡烛和人结缘。从花莲回来的时候，师父送我五支"静思精舍"做的蜡烛。

回台北后，我把蜡烛拿来供佛，发现这以沉香为心的蜡烛可以烧十小时之久，并且烧完了不流一滴泪，了无痕迹，原来蜡烛包覆着一层极薄的透明的膜，那就是师父告诉我的"肤"吧！我站在烧完的烛台前敛容肃立，有一种无比崇仰的感觉，就像一朵白莲花从心里一瓣一瓣地伸展开来。

证严师父的慈济志业，数百万位投身于慈济的现代菩萨，他们像蜡烛一样燃烧、散发光热，但不滴落一滴忧伤的泪，他们有的是欢欣的菩萨行。

他们在这空气污染、混乱浊劣的世间，像一阵广大清凉的和风，希望凡是受伤的跌倒的挫败的众生，都能立刻得到"肤肤"，然后长出新的皮肉。

他们以大悲心为油、以大愿为炷、以大智为光，要烧尽生命的黑暗，使两千三百万人都成为菩萨，使我们住的地方成为净土。

慈悲真是一种最大的力呀！

我把从花莲带回来的水晶石也拿来供佛，觉得好像有了慈济，花莲的一切都可以作为天地的供养，连"花莲"两个字也可以供养，这两个字正好是"妙法莲花"的缩写，写的是一则千手千眼的现代传奇，是今日世界的《观世音菩萨普门品》！

来自心海的消息

几天前,我路过一座市场,看到一位老人蹲在街边,他的膝前摆了六条红薯。那红薯铺在面粉袋上,由于是紫红色的,令人感到特别美。

老人用沙哑的声音说:"这红薯又叫山药,在山顶掘的,炖排骨很补,煮汤也可清血。"

我小时候常吃红薯,就走过去和老人聊天,原来老人住在坪林的山上,每天到山林间去掘红薯,然后搭客运车到城市的市场叫卖。老人的红薯一斤卖四十元,我说:"很贵呀!"

老人说:"一点也不贵,现在红薯很少了,有时要到很深的山里才找得到。"

我想到从前物质匮乏的时候,我们也常到山上去掘野生的红薯,以前在乡下,红薯是粗贱的食物,没想到现在竟是城市里的珍品了。

买了一个红薯,足足有五斤半重,老人笑着说:"这红薯长到这样大要三四年时间呢!"老人哪里知道,我买红薯是在买一些已经失去的回忆。

提着红薯回家的路上,看到许多人排队在一个摊子前等候,好奇地走上前去,才知道他们是在排队买番薯糕。

番薯糕是把番薯煮熟了,捣烂成泥,拌一些盐巴,捏成一团,放在锅子上煎成两面金黄,内部松软,是我童年常吃的食物,没想到在台北最热闹的市集,竟有人卖,还要排队购买。

我童年的时候非常贫困,几乎每天都要吃番薯,母亲怕我们吃腻,把普通的番薯变来变去,有几样番薯食品至今仍然令我印象深刻,其中一样就是番薯糕。看母亲把一块块热腾腾的、金黄色的番薯糕放在陶盘上端出来,至今仍使我怀念不已。

另一种是番薯饼,母亲把番薯弄成签,裹上面粉与鸡蛋调成的泥,放在油锅中炸,也是炸到通体金黄时捞上来。我们常在午后吃这道点心,孩子们围着大锅等候,一捞上来,边吃边吹气,还常烫了舌头,母亲总是笑骂:"夭鬼!"

还有一种是在消夜时吃的,把番薯切成丁,煮甜汤,有时放红豆,有时放凤梨,有时放点龙眼干。夏夜时,我们总在庭前晒谷场围着听大人说故事,每人手里一碗番薯汤。

那样的时代,想起来虽然心酸,却有一种难以言说的幸福。我父亲生前谈到那段时间的物质生活,常用一句话形容:"一粒田螺煮九碗公汤!"

今天随人排队买一块十元的番薯糕,特别使我感念为了让我们喜欢吃番薯,母亲用了多少苦心。

卖番薯糕的是一位少妇,说她来自宜兰乡下,先生在台北谋生,为了贴补家用,想出来做点小生意,不知道要卖什么,突然想起小时候常吃的番薯糕,在糕里多调了鸡蛋和奶油,就在市场里卖起来了。她每天只卖两小时,天天供不应求。

我想,来买番薯糕的人当然有好奇的,大部分则基于怀念,吃的时候,整个童年都会从乱哄哄的市场寂静深刻地浮现出来吧!

"番薯糕"的隔壁是一位提着大水桶卖野姜花的老妇,她站的位置刚好使野姜花的香与番薯糕的香交织成一张网,我则陷入那美好的网中,看到童年乡野中野姜花那纯净的秋天!

心美，
一切皆美

　　这使我想起不久前，朋友请我到福华饭店去吃台菜，饭后叫了两份甜点，一份是芋仔饼，一份是炸香蕉，都是我童年常吃的食物。当年吃这些东西是由于芋头或香蕉生产过剩，根本卖不出去，母亲想法子让我们多消耗一些，免得暴殄天物。

　　没想到这两样食物现在成为五星级大饭店里的招牌甜点，价钱还颇不便宜，吃炸香蕉的人大概不会想到，一盘炸香蕉的价钱在乡下可以买到半车香蕉吧！

　　时代真是变了，时代的改变，使我们检证出许多事物的珍贵或卑贱、美好或丑陋，只是心的感觉而已，它并没有一个固定的面目。心如果不流转，事物的流转并不会使我们失去对生命价值的思考，而心如果浮动，时代一变，价值观就变了。

　　克勤圆悟禅师去拜见真觉禅师时，真觉禅师正在生大病，膀子上生疮，疮烂了，血水一直流下来。圆悟去见他，他指着膀上流下的脓血说："此曹溪一滴法乳。"

　　圆悟大疑，因为他在心中认定，得道的人应该是平安无事、欢喜自在的，为什么这个师父不但没有平安，反而指说脓血是祖师的法乳呢？于是说："师父，佛法是这样的吗？"真觉一句话也不说，圆悟只好离开。

　　后来，圆悟参访了许多当代的大修行者，虽然每个师父都说他是大根利器,但他知道自己并没有开悟。最后拜在五祖法演的门下,把平生所学的都拿出来请教五祖,五祖都不给他印可,他愤愤不平,背弃了五祖。

他要走的时候,五祖对他说:"待你着一顿热病打时,方思量我在!"

满怀不平的圆悟到了金山,染上伤寒大病,把生平所学的东西全拿出来抵抗病痛,没有一样有用的,因此在病榻上感慨地发誓:"我的病如果稍微好了,一定立刻回到五祖门下!"这时的圆悟才算真实地知道为什么真觉禅师把脓血说成法乳了。

圆悟后来在五祖座下,有一次听到一位居士来向师父问道,五祖对他说:"唐人有两句小艳诗与道相近——频呼小玉原无事,只要檀郎认得声。"居士有悟,五祖便说:"这里面还要仔细参。"

圆悟后来问师父说:"那居士就这样悟了吗?"

五祖说:"他只是认得声而已!"

圆悟说:"既然说只要檀郎认得声,他已经认得声了,为什么还不是呢?"

五祖大声地说:"如何是祖师西来意?庭前柏树子!去!"

圆悟心中有所省悟,突然走出,看见一只鸡飞上栏杆,鼓翅而鸣,他自问道:"这岂不是声吗?"

于是大悟,写了一首偈:

金鸭香销锦绣帏,笙歌丛里醉扶归。
少年一段风流事,只许佳人独自知。

我很喜欢这个故事,特别是真觉对圆悟说自己的脓血就是曹溪的法乳,还有后来"见鸡飞上栏杆,鼓翅而鸣"的悟道。那是告诉我们,真实的智慧来自平常的生活,是心海的一种体现。如果能听闻到心海的消息,一切都是道。番薯糕或者炸香蕉,在童年穷困的生活中与五星级大饭店的台面上,都是值得深思的。

圆悟曾说过一段话,我每次读了,都感到自己是多么庄严而雄浑,他说:

山头鼓浪,井底扬尘;
眼听似震雷霆,耳观如张锦绣。
三百六十骨节,一一现无边妙身;
八万四千毛端,头头彰宝王刹海。

不是神通妙用，亦非法尔如然；
苟能千眼顿开，直是十方坐断。

心海辽阔广大，来自心海的消息是没有五官甚至是无形无相的，用眼睛来听，以耳朵观照，在每一个骨节、每一个毛孔中都有庄严的宝殿呀！

夜里，我把紫红色的红薯煮来吃，红薯煮熟的质感很像汤圆，又软又 Q，想起很久很久以前在晒着谷子的庭院吃红薯汤，突然看见一只鸡飞上栏杆，鼓翅而鸣。

呀！这世界犹如少女呼叫情郎的声音那样温柔甜蜜，来自心海的消息看这现成的一切，无不显得那样珍贵、纯净而庄严！

时间道场

一分钟很短，但是，一分钟比五十九秒还长，比一秒钟更长得多，所以，要珍惜每一分钟。

佛经最短的时间是一刹那，等于七十五分之一秒。一念里有九十刹那，一刹那有九百生灭，因此连刹那也是无限。

佛经里最长的时间叫"阿僧祇"，是不可计算、无量数的意思，据称一阿僧祇有一千万万万万万万万万兆年，可是又说："一念满无量阿僧祇劫"，因此长短并没有分别。

一弹指，也是佛经的用语，一弹指有六十五刹那，有的经说一弹指有九百六十生死，有的经说一弹指之间心念转动九百六十次。还有说二十念为一瞬,二十瞬为一弹指。有的经说,四百念为一弹指,一万二千弹指是一昼夜。并不是佛经不统一,而是时间乃相对的概念,不是绝对的。

有的人一分钟当千百世用,有的人千百世轮回生死业海茫茫,不及别人的一弹指顷。

一寸时光,就是一寸命光,每一眨眼,命光就流逝了。因此,注意当下,就是珍惜永恒的生命。

在思想与思想之间,时间一定留有空隙,只要进入那空间,有觉察的力,时间就等于智慧。

不要期待永恒的理想,若能安住在此刻的时间上,此刻就是净土,就是永恒的理想。

"万法归一,一归何处?"其实,一就展现了万法,就像一秒钟不能从一万年抽出,一万年则是由一秒钟组成。

年龄不能作为智慧的依据,因为每个人都是宇宙的老人。上帝未生之前,我就存在了,这是宇宙的真实。

有理想、有壮怀的人不因时间消逝而颓唐,而是到死的瞬间还保持向前的心。

我喜欢两副对联:

世事如棋局，不著者便是高手。
一身似瓦瓮，打破了才见真空。

两个空拳握古今，握住也须放手。
一枝金筇担朝政，担起也要歇肩。

真是道尽了人与时间赛跑的关系，人不能与时间赛跑，但人可以包容时间、善待时间。

极大之处，有极小存在；极近之处，有极远存在；极恶之处，一定也有佛存在。

时间是空，但它创造了无限的有；时间是不可捉的，却制造许多可捉之物；时间的空与不空是同一质、同一味。

"万法是真如，由不变故；真如是万法，由随缘故。"时间从未变过，因为钟表、日夜都不是时间；但时间也从未住留，因为整个宇宙都是时间的痕迹。时间的道场，在为我们说缘起的法、生灭的法。

小 米

丰收的歌

有一次在山地部落听原住民唱"小米丰收歌",感动得要落泪。

其实我完全听不懂歌词,只听到对天地那至诚的祈祷、感恩、欢愉与歌颂,循环往复,一遍又一遍。

夜里,我独坐在村落边,俯视那壮大沉默的山林,仰望着小米一样的星星,回味刚刚喝的小米酒的滋味和小米麻糬的鲜美,感觉到心里仿佛有一粒小米,饱孕成熟了。这时,我的泪缓缓地落了下来。

落下来的泪也是一粒小米,可以酿成抵御寒风的小米酒,也可以煮成清凉的小米粥,微笑地走过酷暑的山路。

星星是小米,泪是小米,世事是米粒微尘,人是沧海之一粟呀!全天下就是一粒小米,一粒小米的体验也就是在体验整个天下。

在孤单失意的时候,我就会想起,许多年前山地部落的黑夜,沉默的山林广场正在唱小米丰收歌,点着柔和的灯,灯也是小米。

我其实很知道,我的小米从未失去,只是我也需要生命里的一些风雨、一些阳光,以及可以把小米酿酒、煮粥、做麻糬的温柔的心。

我的小米从未失去,我也希望天下人都不失去他们的小米。

那种希望没有歌词,只有至诚的祈祷、感恩、欢愉与歌颂。

循环往复,一遍又一遍。

一粥一饭

沩山灵祐禅师有一次闲坐着,弟子仰山慧寂来问:

"师父，您百年后，如果有人问我关于您的道法，我要怎么说呢？"

沩山说："一粥一饭。"

（我的道法只是一粥一饭那样平常呀！）

地瓜稀饭

吃一碗粥、喝一杯茶，细腻地、尽心地进入粥与茶的滋味，说起来不难，其实不易。

那是由于有的人失去舌头的能力，有的人舌头太刁，都失去平常心了。

我喜欢在早上吃地瓜粥，但只有自己起得更早来熬粥，因为台北的早餐已经没有稀饭，连豆浆油条都快绝迹了，满街都是粗糙的咖啡牛奶、汉堡与三明治。

想一想，从前每天早晨吃地瓜稀饭，配酱菜、萝卜干、豆腐乳是多么幸福的事呀！那从匮乏与饥饿中体验的真滋味，已经很久没有了。

半亩园

从前，台北有一家专卖小米粥的店叫"半亩园"。我很喜欢那个店名，有一种"半亩横塘荷花开"的感觉。

第一次去半亩园，是十八岁刚上台北那一年，大哥带我去吃炸酱面和小米粥。那时的半亩园开在大马路边，桌椅摆在红砖道上，飞车在旁，尘土飞扬，尘土就纷纷地落在小米粥上。

刚从乡下十分洁净的空气里来到台北，看到落在碗中的灰尘，不知如何下箸。

大哥笑了起来，说："就当作多加了一点胡椒吧！"然后他顾盼无碍地吃了起来。

经过这许多年，我也能在生活中无视飞扬的尘土了，就当作多加了一点胡椒吧！

百千粒米

也是沩山灵祐的故事。有一次他的弟子石霜楚圆正在筛米，被灵祐看见了，说："这是施主的东西，不要抛散了。"

"我并没有抛散!"石霜回答说。

灵祐在地上捡起一粒米,说:"你说没有抛散,那这个是什么?"

石霜无言以对。

"你不要小看了这一粒米,百千粒米都是从这一粒生出来的!"灵祐说。

灵祐的教法真好。一个人通向菩提道,其实是与筛米无异。对一粒习气之米的轻忽,可能生出千百粒习气;对一粒清净之米的珍惜,可以开展一亩福田。

拾　穗

我时常会想起从前在稻田里拾稻穗的一些鲜明的记忆。

在稻田收割的时候,大人们一行行地割稻子,我们做小孩子的跟在后面,把那些残存的掉落的稻子一穗穗地捡拾起来,一天下来,常常可以捡到一大把。

等到收割完成,更穷困的妇女会带她们的孩子到农田拾穗,那时不是一穗一穗,而是一粒一粒了。一个孩子一天可以拾到一碗稻子，一碗稻子就是一碗米，一碗米是两碗粥，如果煮地瓜，就是四碗地瓜稀饭了。

父亲常说："农田里的稻子再怎么捡，也不会完全干净的。"

最后的那些，就留给麻雀了。

拾穗的经验所给我的启示是，不管我们的田地有多宽广，仍然要从珍惜一粒米开始。

八万细行

那对微细的每一粒米保持敏感与醒觉的态度，在修行者称为"细行"。

也就是对微细的惑、微细的烦恼、微细的习染，以及一切微细的生命事物，有彻底清净的觉知。

"三千威仪"便是从"八万细行"来的。

微细到什么地步呢？

微细到如一毫芒的意念，也要全心全力地对待。

恶的细行像《宗镜录》说的：

一翳在目，空花乱坠；一妄在心，恒沙生灭。

善的细行如《摩诃止观》说的：

一微尘中，有大千经卷；心中具一切佛法，如地种、如香丸者。

完全超越清净的细行就像《碧岩录》里说的：

有僧问赵州："万法归一，一归何处？"
赵州说："我在青州做一领布衫，重七斤。"

曹源一滴水

仪山禅师有一天洗澡的时候，因为水太热了，叫一个小弟子提一桶冷水来，把水调冷一些。

年轻的弟子奉命提水来，将洗澡水调冷以后，顺手把剩下的冷水倒掉了。

"笨蛋，你为什么浪费寺里的一滴水？"仪山厉声地责骂，"一切事物都有其价值，应该善加利用，即使只是一滴水，用来洒树浇花都很好，树茂盛、花欢喜，水也就永远活着了。"

那年轻的弟子当下开悟，自己改名为"滴水和尚"，就是后来日本禅宗史上伟大的滴水禅师。

在中国，把一切能承传六祖慧能顿悟禅正法的，称为"曹溪一滴"或"曹源一滴水"，每一滴水就是一滴法乳。

水的大小

一滴水看起来很小，但组成四大洋的是一滴一滴的水，圆融无碍。

大海看来很大，其实也离不开每一滴水。

我们呼吸的空气也是如此。我们吸的每一口空气，都是大树、小草或人所吐出来的。我们每吐出一口空气，也都辗转往复，不会失去存在。

若知道我们喝的水不增不减，我们呼吸的空气不净不浊、不沉不没，就比较能了知空性了。

蟑螂游泳

一只蟑螂掉进抽水马桶，在那里挣扎、翻泳，状甚惊惧恐慌。

我把它捞起来，放走，对它说：

"以后游泳的时候要小心哦！"

它称谢而去。

大小是相对而生的。对一只蟑螂而言，抽水马桶的一小捧水就是一个很大的湖泊了。

吃馒头的方法

永春市场有山东人卖馒头，滋味甚美。

每天散步路过，我总会去买一个售价六元的馒头，刚从蒸笼里取出，圆满、洁白、热腾腾的，充满了麦香。

一边散步回家，一边细细地品味一个馒头，有时到了忘我的境地，仿佛走在很广大的小麦田里，觉得一个馒头也让人感到特别幸福。

小 小

小小,其实是很好的。饮杯小茶、哼首小曲、散个小步、看看小星小月、淋些小风小雨,或在小楼里,种些小花小木;或在小溪边,欣赏小鱼小虾。

也或许,和小小时候的小小情人在小小的巷子里,小小地擦肩而过,小小地对看一眼,各自牵着自己的小孩。

小小的欢喜里有小小的忧伤,小小的别离中有小小的缠绵。

人生的大起大落、大是大非,真的是小小的网所织成的。

小诗有味

想到苏东坡的两句诗:"高论无穷如锯屑,小诗有味似连珠。"长篇大论就像锯木头的木屑,小小的诗歌就像一连串的珍珠,有味得多了。

"小"往往可以看到更细腻的情感,特别是写细微之心情。陆游有一首好诗《临安春雨初霁》:

世味年来薄似纱，谁令骑马客京华。

小楼一夜听春雨，深巷明朝卖杏花。

矮纸斜行闲作草，晴窗细乳戏分茶。

素衣莫起风尘叹，犹及清明可到家。

这是典型的"轻、薄、短、小"。想想看，如果是在大厦里听大雨，在大街上看大男人穿梭车阵卖玉兰花，那是如何来写诗呢？

小儿女有情长之义，大英雄有气短之憾。送给情人的一小朵玫瑰花，其真情有时可比英雄们争斗于一片江山。

"时人对此一枝花，如梦相似。"

一毛端现宝王刹

智者大师说："一色一香，无非中道。"一色一香虽然微细，却都有中道实相的本体。这就是《楞严经》中说的"于一毛端现宝王刹"，那是事理无碍、大小相含、一多平等的缘故。

所以，智者大师的"小止观"里有"大境界"，一切"大师"

都是从"小僧"做起的。

正法眼藏里说：

一心一切法，一切法一心。
心即一切法，一切法即心。

从实相看，这个世界没有什么是真正的小，也没有什么是真正的大。那是有一个心的观照，观大则大，观小即小。

如来眼中的一毛端看到宝王刹，甚至每一毛孔都现出无量的三千大千世界；如来眼中的娑婆世界，也只不过是半个庵摩罗果呀！

锋利不动

别怕！别怕！业障虽大，自其变者而观之，不过是尘尘刹刹。精进！精进！善根虽小，自其不变者而观之，光影灼灼。

德山宣鉴禅师说："一毛吞海，海性无亏；纤芥投锋，锋利不动。"

这广大的菩提之路，我们就是这样一小步一小步地走上前去。

每一年都会有小米丰收。

我们也会常常唱起小米丰收的歌呀！

那首歌或者没有歌词，或者含泪吟咏，但其中有至诚的祈祷、感恩、欢愉与歌颂，循环往复。

一遍又一遍。

心灵的护岸

只有妈妈的爱

像清晨的阳光

像清澈的河水

是我们心灵永久的护岸

吃晚饭的时候,我对妈妈和哥哥说:"明天我想带孩子去护岸走走。"他们同时抬起头来看了我一眼,点一下头,又继续吃饭了,那意思于我已经很明确,就是护岸已经不值得去了。

护岸是家乡的古迹之一,沿着旗尾溪的岸边建筑,年代并不久远，是日据时代堆成的。筑造的原因，是从前的旗尾溪经常泛滥成灾，高达一丈的护岸，在雨季可以把溪水堵住，不至于淹没农田。

旗山的护岸或许也不能算是古迹，因为它只是由许多巨大的石头堆叠而成的。它的特点是石头与石头之间并没有黏结，只依其各自的状态相互叠扣，石头大小与形状都各自不同，但是组成的数公里护岸，却是异常雄伟与平整。

旗山原是平凡的小镇，没有什么奇风异俗，我喜欢护岸当然是出于感情因素。

在我幼年的时候，护岸正好横在我家不远的香蕉园里，我时常跑去上上下下地游戏。印象最深的是，春天的时候，护岸上只有一种植物"落地生根"，全数开花时，犹如满天的风铃，恍如闻到叮叮当当的响声。

在护岸底部沿着的沟边，母亲种了一排芋田，夏天的芋叶像菩萨的伞盖，高大、雄壮，有着坚强的绿色，坐在护岸上看来，芋头的叶子真是美极了。如果站起来，绵延的蕉树与防风的竹林、槟榔交织，都有着挺拔高挑的风格，个个抬头挺胸。

我时常随爸妈到蕉园里去，自己玩久了，往往爸妈已改变了工作位置。这时我会跑到护岸上居高临下，一列列地找他们，很快就会找到，那护岸因此给我一种安全的感觉，像默默地守护着我一样。

我也喜欢看大水，每当暴雨过后，就会跑到护岸上看大水，水浪滔滔，淹到快与护岸齐顶，使我有一种奔腾的快感。平常时候，旗尾溪非常清澈，清到可见水里的游鱼，澈到溪底的石头历历。我们常在溪里戏水、摸蛤蜊、抓泥鳅，弄得满身湿，起来就躺在护岸的大石上晒太阳，有时晒着晒着睡着了，身体一半赤一半白，爸爸总会说："又去煎咸鱼了，有一边没有煎熟呢，还未翻边就回来了。"

护岸因此有点像我心灵的故乡。少年时代负笈台南，青年时代在台北读书，每次回乡，我都会在黄昏时沿护岸散步，沉思自己生命的蓝图，或者想想美的问题，例如：护岸的美，是来自它的自身呢，还是来自小时候的感情，或是来自心灵的象征？后来发现美不是独立自存的，美是有受者、有对象的。真实的美来自生命多元的感应道交，当我们说到美时，美就不纯粹客观，它必然有着心灵与情感的因素。

我对护岸的心情，恐怕是连父母都难以理解的，但我在护岸散步时，常会想起父母作为农人的辛劳。他们正是我们澎湃汹涌的河流之护岸，使我即使在都市生活，在心灵上也不至于

辑四
心怀柔软除挂碍

决堤，不会被都市的繁华淹没了平实的本质。

这一次我到护岸，还带了三位"志愿军"，一个是我的孩子，两个是哥哥的孩子，他们常听我提到护岸是多么美，却从未去过。他们一走上护岸，我就看见他们眼里那失望的神色了。

旗尾溪由于上游被阻绝，变成了一条很小的臭水沟，废物、馊水、粪便的倾倒，使整个护岸一片恶臭。岸边的田园完全被铲除，铺了一条产业道路，路旁盖着失去美感、只有壳子的贩厝。有好几段甚至被围起来养猪，必须要掩鼻才有走过的勇气。大石上，到处都是宝特瓶、铝罐子和塑料袋。

走了几公里，孩子突然回头问我："爸爸，你说很美的护岸就是这里吗？"

"是呀，正是这里。"心里一股忧伤流过，不只护岸是这样的，在工业化以后的台湾，许多有美感的地方不都是这样吗？田园变色、山水无神，可叹的是，人都还那样安然地继续把环境焚琴煮鹤地煮来吃了。

我本来要重复这样子说："我小时候，护岸不是这样子的。"话到口中又吞咽回去，只是沉默地、一步一步地走向护岸的尽头。

听说护岸没有利用价值，就要被拆了，故乡一些关心古迹文化的朋友跑来告诉我，我不置可否。"如果像现在这个样子，

225

心美,
一切皆美

拆了也并不可惜呀!"我铁着心肠说。

当我们说到环境保护的时候,一般人总是会流于技术层面,或说:"为子孙留下一片乐土。"或说:"我们只有一个地球。"这些只是概念性的话,其实保护环境要先保护我们的心,因为我们有什么样败坏的环境,正是源自我们有同样败坏的心。

就如同乡下一条平凡的护岸,它不只是石头堆砌而成的,它是心灵的象征,是感情的实现,它有某些不凡的价值,但是粗俗的人,怎么能知道呢?

我们满头大汗回家的时候,妈妈正在厨房里包扁食(馄饨),正像幼年时候,她体贴地笑问:"从护岸回来了?"

"是呀,都变了。"我黯然地说。

妈妈做结论似的:"哪有几十年不变的事呀。"

然后,她起油锅,炸扁食,这是她最拿手的菜之一,是因为我返乡,特别磨宝刀做的。

刺——,油锅突然一声响,香味四散,我的心突然在紧绷中得到纾解。幸好,妈妈做的扁食经过这数十年,味道还没变。

我走到锅旁,学电视里的口吻说:"嗯,有妈妈的味道。"

妈妈开心地笑了,像清晨的阳光,像清澈的河水。

只有妈妈的爱,才是我们心灵永久的护岸吧,我心里这样想着。

芒花季节

有空去看芒花吧

那些坚强的誓言

正还魂似的

飘落在整个山坡

朋友来相邀一起到阳明山,说是阳明山上的芒花开得很美,再不去看,很快就要谢落了!

我们沿着山道上山去,果然在道旁、山坡,甚至更远的山岭上,芒花正在盛开。因为刚开不久,新抽出的芒花是淡紫色的,

心美,
一切皆美

全开的芒花则是一片银白,相间成紫与白的世界,与时而流过的云雾相映,感觉上就像在迷离的梦景中一样。

我想到像芒花如此粗贱的植物,竟吸引了许多人远道赶来欣赏,像至宝一样,就思及万物的评价并没有一定的标准。

我说芒花粗贱,并没有轻视之意,而是因为它生长力强,落地生根,无处不在,从前在乡下的农夫去之唯恐不及。

就像我现在住的台北的十五楼阳台上,也不知种子是随风飘来的,或是小鸟沾之而来的,竟也长了十几丛,最近都开花了。有几株是依靠排水沟微薄的泥土吸取养分,还有几株甚至完全没有泥土,扎根在水管与水泥的接缝中,只依靠水管渗出的水生长。芒花的生命力可想而知了。

再说,像芒花这种植物,几乎是一无是处的,几乎到了百无一用的地步,在干枯的季节,甚至时常成为火烧山的祸首。

我努力地思索从前芒花在农村的作用,只想到三个:一是编扫把,我们从前时常在秋末到山上割芒花回家,将芒花的种子和花摇落,捆扎起来做扫把;二是农家的草房,以芒草盖顶,可以冬暖夏凉;三是在春夏未开花时,芒草较嫩,可作为牛羊的食料。

但这也是不得已的好处,如果有竹扫把,就不用芒花,因为芒花易断落；如果有稻草盖屋顶，就不用芒草，因为芒草太疏松，又不坚韧；如果有更好的草，就不以芒草喂牛羊，因为芒草边有刺毛，会伤舌头。

在实用上是如此，至于美呢，从前很少有人觉得芒花美，早期的台湾绘画或摄影，也很少以芒花入图像，近几年，才有艺术家用芒花做素材。

从美的角度来看，单独或两三株芒花是没有什么美感的，但如果是一大片的芒花就不同了，那种感觉就像海浪一样，每当风来，一波一波地往前推进，使我们的心情为之荡漾，真是美极了。因此，芒花的美，美在广大、美在开阔、美在流动，也美在自由。

或者我们可以如是说：凡广大的、凡开阔的、凡流动的、凡自由的，即使是平凡粗贱的事物，也都会展现非凡的美。

例如天空，美在广大；平原，美在开阔；河川，美在流动；风云，美在自由。

我幼年曾有一次这样的经验，那时应该是秋天吧！我沿着六龟的荖浓溪往上游步行，走呀走的，突然走到山腰的一片平坦的坡地，我坐在坡地上休息，抬头看到蓝天蓝得近乎纯净透明，河水在脚边奔流，风云在秋风中奔驰变化，而我，整个被开满的芒花包围了，感觉到整个山、整个天空、整个世界都在芒花的摇动中，随着律动。

当时的我，仿佛是醉了一样，第一次感受到芒花是那样美，从此，我看芒花就有了不同的心情。长大以后看芒花，总不自禁地想起乐府诗句："天苍苍，野茫茫，风吹草低见牛羊。"

是的，芒花之于大地，犹如白发之于盛年，它展现的虽然是大块之美，其中隐隐带着悲情，特别是在夕阳艳红的衬托下，芒花有着金黄的光华。其实芒花的开谢是非常短暂的，它像一阵风来，吹白山头，随即隐没于无声的冬季。

生命对于华年，是一种无常的展露，芒花处于山林之间，则是一场无常的演出。

某年某月的某一天，我们曾与某人站立于芒花遍野的山岭，有过某种指天的誓言，往往在下山的时候，一阵风来，芒花就与誓言同时凋落。某些生命的誓言或许不是消失，只是随风四散，不能捕捉，难以回到那最初的起点。

我们这漂泊无止的生命呀！竟如同驰车转动在两岸的芒草之中，美是美的，却有着秋天的气息。

在欣赏芒花的那一刻，感觉到应该更加珍惜人生的每一刻，应该更体验那些看似微贱的琐事，因为"志士惜年，贤人惜日，圣人惜时"，每一寸时光都有开谢，只要珍惜，纵使在芒花盛开的季节，也能见出美来。

从阳明山下来已是黄昏了，我对朋友说："我们停下来，看看晚霞之下的芒花吧！"

那时，小时候在荖浓溪的感觉又横越时空回到眼前，小时候看芒花的那个我，我还记得正是自己无误，可是除了感受极真，竟无法确定是自己。岁月如流，流过我，流过芒花，流过那些曾留下以及不可确知的感觉。

"今年，有空还要来看芒花。"我说。

如果你说，在台湾秋天可以送什么礼物，我想，有空和朋友去看芒花吧！"岭上多芒花，不只自愉悦，也堪持赠君"。

某年某月某一天，一起看过芒花的人，你还安在吗？有空去看芒花吧！那些坚强的誓言，正还魂似的，飘落在整个山坡。

丛林的迷思

　　一枝草

　　一点露

　　一个人

　　一片天

　　我很喜欢佛教里把"道场"称为"丛林",听说这丛林的称呼是来自《大智度论》,意思是和合的僧众居住在一起,好像树木聚集的丛林,那样天然、无为,其中自有规矩法度,草木不会胡乱生长。

辑四
心怀柔软除挂碍

唐宋时代，丛林极一时之盛，有的多达数千人聚集，各司其职，在空闲的时候则自在林下泽边，思维、参究、悟道。百丈禅师为了管理丛林，创制了《百丈丛林清规》，这可以说是中国在管理学上的巨著，可惜后来失传了，只留下法度，而佚失了著作。

《百丈丛林清规》最主要的精神是"一日不作，一日不食"，是说生活在丛林的人不可不参与作务，每个人都有奉献的义务，只有奉献了才有资格吃饭。

百丈怀海禅师不只是制度的建立者，还是实践者。有一个动人的故事，是说他到了九十岁，弟子看到师父年老，不忍心让他再到田里工作，又不敢去劝师父，只好把他的锄头藏起来。找不到锄头的百丈虽然不下田，但是也不吃饭。他绝食三日，弟子劝请他吃饭，他说："我不是规定过，'一日不作，一日不食'吗？"弟子只好把锄头还给他。传说百丈活到九十六岁，工作到临终前的一天。

百丈禅师为什么规定"一日不作，一日不食"，而不规定"一日不坐，一日不食"或"一日不思，一日不食"呢？除了要让人人奉献心力之外，是在表达唯有在实践中所得到的体验，才是真实的体验；真正的智者不是从空想来的。那在丛林中参

心美,
一切皆美

天的巨树,哪一棵不是历经风雨而长成的呢?

从前在乡下,我的父亲经营林场,我每次走入林场都会莫名地感动,看到茂林中的树木,自己形成生长的间距,而不失其法度,互相也无碍于对方的生长,让我们知道大自然的本身就有规矩与方圆。想到台湾话说:"一枝草,一点露;一个人,一片天。"其中有深意在焉。

人如果是一棵树,我们至少应该有所期待,期待每个人终有成为栋梁的一天。

人如果是一棵树,我们至少应该有所立志,志愿每个人都能向天拔高。

人如果是一棵树,我们至少应该有所容忍,容忍别人也有生长的空间。

树与树间要互相挡风雨,人与人之间要互帮互助。因为孤树容易在风雨中摧折,也易被闪电击中;霸道自高的人则容易骄狂,失去真情的心。

我们穿的衣服是织工缝制的,我们吃的饭是农夫种的,我们住的房子是建筑工人盖的,就是我正在写的这一张纸,也不是轻易得来的。这样一想,人生于天地之间,免不了与其他的人发生关系,因此,我们所做的,不管是采桑搓麻的小事或是

辑四
心怀柔软除挂碍

经世立民的事业，都只是在尽一个人的本分，都像是一枝草上的一滴露水，实在没有什么可以骄人的。

这种如丛林一样的关系，中国的思想家早就说得很清楚了，像："善御者不忘其马，善射者不忘其弓，善为上者不忘其下。"（《韩诗外传》）"政如农功，日夜思之，思其始而成其终，朝夕而行之。行无越思，如农之有畔，其过鲜矣！"（《左传》）"商不得通有无以利农，则农病；农不得力本穑以资商，则商病。"（张居正）

在我们的丛林里，只要有一棵树病了、倒了，一棵树燃烧了、长歪了，整个社会就要付出很大的代价。最好是在自己力行"一日不作，一日不食"，在社会则有"人人安康，户户平安"的期许，才是自然的好事。

有一首流行歌说："留一点自己给自己。"但居住于水泥丛林中的我们，关系比古代丛林更密切得多，是不是也愿意"留一点自己给别人"，或"留一点别人给别人"呢？

我愿为草而有露，也愿草草皆有露；我愿为人而有天，也愿人人头顶一片天！

一只毛虫的圆满

起居室的墙上，挂了一幅画家朋友陆咏送的画，画面上是一只丑丑的毛虫，爬在几株野草上，旁边有陆咏朴素的题字：

今日踽踽独行

他日化蝶飞去

我很喜欢这一幅画，那是因为美丽的蝴蝶在画上已经看得多了，美丽的花也不少，却很少有人注意到蝴蝶的"前身"是毛虫，也很少有人思考到花朵的"幼年时代"就是草，自然也很少有画家以之入画，并给予赞美。

当我们看到毛虫的时候，可以说我们的内心有一种期许，期许它不要一辈子都那样子踽踽独行，而有化蝶飞去的一天。当我们看到毛虫的时候，内心里也多少有一些自况，梦想着能有美丽飞翔的一天。

小时候，我曾经养过一箱毛虫，所有的人看到毛虫都会恶心、惊叫，但我不会，只因为我深信毛虫是美丽蝴蝶的幼年时代。每天去山间采嫩叶来喂食，日久习以为常，竟好像对待宠物一样。我观察到那些样子最丑的毛虫正是最美的蝴蝶幼虫，往往貌不惊人，在破茧时却七彩斑斓。

最记得的是把蝴蝶从箱中放走的时刻，仿佛是一朵花飘向空中，到处都有生命美丽的香味。

对毛虫来说，美丽的蝴蝶是不是一种结局呢？从丑怪到美丽的蜕化是不是一种圆满呢？对人来说，结局何在？什么才是圆满？这些难以解答的问题，正是我说的自况了。

初生于世界的人，是不可能圆满的，原因是这个世界原就是不圆满的世界，感应道交，不圆满的人当然投生到不圆满的世界，这乃"因缘"所成。圆满的人，自然投生到佛的净土、菩萨的世界了。

幸而，佛经里留了一个细缝，是说在不圆满的世界里也可能有圆满的人来投胎，凡圣可能同居，那是愿力的缘故，是先把自己的圆满隐藏起来，希望不圆满的人能很快找到圆满的路径，一起走向圆满之路。

"有圆满之愿，人人都能走向圆满。"我们可以这样说，这正是佛说"一切众生，皆具如来智慧德相"的意思。

举一个简单的例子，我们来看几个"人"字旁的字，像"仙""俗""佛"。

仙，左人右山，意思是，人的心志如果一直往山上爬，最后就成仙了。

俗，左人右谷，意思是，人的心志如果往山谷堕落，最后就是粗俗的凡夫了。

佛，左边是人，右边是弗，弗有"不是"之意。"佛"字如果直接转成白话，是"不是人"的意思。"不是人"正是"佛"，这里面有极为深刻的寓意。一个人的心志能往山上走，不断地转化，使一切负面的情绪都转化成正面的情绪，他就不是一般的人，而是觉行圆满的佛了。

成佛、成仙、成俗，都是由人做成的，人是一切的根基，人也是走向圆满的起点，这就是为什么六祖慧能说："一念觉，即佛；一念迷，即众生。"

从前读太虚大师的著作，他常说"人圆即佛成"，那时不能深解，总是问："为什么人圆满了就成佛呢？"当时觉得人要圆满不是难事，成佛却艰辛无比，年纪渐长才知道，原来，佛是"圆满的人"，并不是一个特别的称呼。

什么是圆满之境呢？试以佛的双足"智慧"与"慈悲"来说。

佛典里给佛智慧的定义是"妙观察智""平等性智""成所作智""大圆镜智"，如果把它放到最低标准，我们可以说圆满的智慧具有这样四种特质：一是善于观察世间的实相；二是能平等对待众生，因了知众生佛性平等之故；三是有生命的活力，所到之处，一切自然成就；四是有无比广大的风格，如大圆镜反映了世界的实相。

也可以说，假如有一个人想走向圆满，他要在智慧上有细腻的观察、平等亲切的对待、活泼有力的生命、广大无私的态度。我们试着在黑夜中检视自己生命的风格，便会知道自己是不是在走向圆成智慧之路。

慈悲的圆满境界则有两项标杆：一是无缘大慈，二是同体大悲。前者是对那些无缘的人也有给予快乐之心，这是由于虽然无缘，也要广结善缘；后者是认识到自己并不是独存于世界，而是与世界同一趋向、同一境性,因此对整个世界的痛苦都有拯救拔除的心。

慈悲的检视也和智慧一样,要回来看自己的心,是不是与众生感同身受,是不是与世界同悲共苦。切望能共同走向无忧恼之境,如果于一个众生起一念非亲友的念头,那就可以证明慈悲不够圆满了。

因缘的究竟是渺不可知的,圆满的结局也杳不可知,但人不能因此而失去因缘成就、圆满实现的心愿。

一个人有坚强广大的心愿,则因缘虽遥,如风筝系线在手,知其始终;一个人有通向究竟的心愿,则圆满虽远,如地图在手,知其路径,汽车又已加满了油,一时或不能至,终有抵达的一天。

但放风筝、开汽车的乐趣,只有自心知,如果有人来问我关于圆满的事,我会效法古代禅师说:"喝茶时喝茶,吃饭时吃饭,睡觉时睡觉,说什么劳什子的圆满?"

这就像一条毛虫一样,生在野草之中,既不管春花之美,也不管蝴蝶飞过,只是简简单单地吃草,一天吃一点草,一天吃一点露水;上午受一些风吹,下午给一些雨打;有时候有闪电,有时候有彩虹;或者给鸟啄了,或者喂了螳螂;生命只是如是如是前行,不必说给别人听。只有在心里最幽微的地方,时时点着一盏灯，灯上写两行字：

今日踽踽独行

他日化蝶飞去

走向生命的大美

　　清末的词评家王国维在《人间词话》里，曾经说到古今成大事业大学问的人必须经过三重境界：

　　第一重境界是"昨夜西风凋碧树，独上高楼，望尽天涯路"。意思是说有感性的胸怀，见到西风里凋零的碧树心有所感，在内心里有理想的抱负与未来的追寻，虽有孤独与苍茫之感，但有远见，对生命有辽阔的视野。

　　（这三句的原作者是宋朝的晏殊，出自他的《蝶恋花》，原词是："槛菊愁烟兰泣露，罗幕轻寒，燕子双飞去。明月不谙离恨苦，斜光到晓穿朱户。昨夜西风凋碧树，独上高楼，望尽天涯路。欲寄彩笺兼尺素，山长水阔知何处？"）

第二重境界是"衣带渐宽终不悔，为伊消得人憔悴"。意思是说不只要有追寻理想的热情与勇气，还要有坚持、有执着，去实践自己所信奉的真理，即使人变瘦了、衣带变宽了，也能百折不悔。

（这两句出自宋朝词人柳永的《蝶恋花》，原词是"伫倚危楼风细细，望极春愁，黯黯生天际。草色烟光残照里，无言谁会凭阑意？拟把疏狂图一醉，对酒当歌，强乐还无味。衣带渐宽终不悔，为伊消得人憔悴。"）

第三重境界是"众里寻他千百度，蓦然回首，那人却在灯火阑珊处"。意思是经过非常长久的努力追寻，饱受人生的沧桑，到后来猛然回首，那要追寻的却在自己走过的道路上，灯火阑珊的地方。

（这三句典出宋朝词人辛弃疾的《青玉案》，原词是："东风夜放花千树。更吹落，星如雨。宝马雕车香满路。凤箫声动，玉壶光转，一夜鱼龙舞。蛾儿雪柳黄金缕。笑语盈盈暗香去。众里寻他千百度，蓦然回首，那人却在灯火阑珊处。"）

从前读《人间词话》到人生的三重境界时，虽有感触，但不深刻，到最近几年，这三重境界之说时常在心中浮现，格外

心美，
一切皆美

感受到王国维对生命的智见，他论的虽然是诗词、是事功、是人格，讲的实际上是人从凡夫之见超越的历程，到最后那种"众里寻他千百度，蓦然回首，那人却在灯火阑珊处"，简直是开悟的心境了，使我想起一首禅诗"终日寻春不见春，芒鞋踏破岭头云。归来偶把梅花嗅，春在枝头已十分"，也不禁想到菩萨在人间留下一丝有情那样的心境。

一个人要"众里寻他千百度"，必然要经验人生的许多历程，而要"蓦然回首"则需要一种明觉，至于站在灯火阑珊处的那人，不是别人，而是一个原点，是那个"独上高楼，望尽天涯路"的自我呀！

词人虽然出自情感与灵感来表达自我，但其中有一种明觉，或者与禅师不同，我相信那明觉之中有如同镜子一样澄明的开悟的心。这种历程，在某些作品里是历历可见的。

宋朝词人蒋捷曾有一首《虞美人》，很能看出这种提升的历程。

少年听雨歌楼上，红烛昏罗帐。壮年听雨客舟中，江阔云低、断雁叫西风。

而今听雨僧庐下，鬓已星星也。悲欢离合总无情，一任阶前、点滴到天明。

在僧庐下听雨的白发词人，体会到人世悲欢离合的无情就像阶前的雨一样错落无常，心境上是有一种悟境的，与禅心不同的是，禅心以智为灯芯，词人则以美来点燃。这就是为什么我们读到李贺"天若有情天亦老"之句，要为之低回不已了，或者读到龚自珍的"落红不是无情物，化作春泥更护花"要为之三叹了。

一个好的开悟的境界，或者崇高的人格与事功，都不是无情的，它是一种经过净化的有情的心。这种经过净化的有情，我们可以称之为"觉有情"，有如道绰大师说的，就像天鹅在水中悠游，沾水而羽毛不湿。

好的文学、优美的诗歌，无不是在"有情中有觉"。创作者既提升了自我的情感经验，也借以转化，溶解成人人都能提升的情感经验，来唤醒大众内在的感觉的呼声。这就是为什么历来伟大的禅师在开悟之际都会写下诗歌，而开悟之后，有许多禅师也往往以诗歌示教。在显教最有名的是六祖慧能，传说他不识字，但读他的作品《六祖坛经》竟有如诗偈一样。在密宗最著名的是密勒日巴，传说他留传的诗歌竟有数万首之多。

寒山、拾得不也是这样吗？他们是山野里的隐士，却也忍不住把自己的心境写在山间石壁，幸好有人抄录下来才不致失传，但是，我也不禁想到，以寒山、拾得的诗才，写诗的那种劲道，一定有更多的诗隐于石上、壁上，与草木同朽，后人无缘得见了。

为什么悟道者爱写诗呢？原因何在？我想在最根本处，禅学或佛教是一种美，在人生中提升美的体验，使一个人智慧有美、慈悲有美、生活有美，语默动静无一不美，那才是走向佛道之路。

失去了美，佛道对人生还有什么价值呢？

唯有心性的绝美，才能使人洗涤贪嗔痴慢疑五毒；也唯有绝美的心，才能面对、提升、跨越人生深切的痛苦。

因此，道是美，而走向道的心情是一种诗情，诗情与道情转折的驿站则是"觉"。

菩萨之所以叫"觉有情"，是因为菩萨从来没有失去感性的怀抱，与凡夫不同的是，他在有情中不失觉悟的心。

菩萨之所以个个心性皆美，长相也无不庄严到极致，则是启示了我们，美是无比重要的，最深刻的美则是来自有情的锤炼。

即使是佛，十方诸佛都是"相好庄严"。经典里说到佛之美，有"三十二相，八十种好"之说。因此，佛的相、佛的心，都是绝美。

了解到佛道的追求是生命完美的追求，我模仿王国维之说，凡是古今走向"觉有情"之道者，也必经三重境界：

第一重境界是"笑渐不闻声渐悄，多情却被无情恼"。（语出苏东坡《蝶恋花》）

第二重境界是"我见青山多妩媚，料青山见我应如是。情与貌，略相似"。（语出辛弃疾《贺新郎》）

第三重境界是"千锤万凿出深山，烈火焚烧若等闲。粉骨碎身浑不怕，要留清白在人间"。（语出于谦《石灰吟》）

真正觉有情的菩萨，全是多情的种子，他们在无情的业障人世之中，因烦恼生起菩提之心。然后体会到一切有情都会被无情所恼，思有以解脱，心性与眼界大开，看到世间的美与苦难是并存的，正如青山与我并无分别。最后宁可再跃入有情的洪炉，不畏任何障碍，为了留一点清白在人间。

一个人人格境界的确立正是如此，是在有情中打滚、提炼，终至永保明觉，观照世间，那时才知道什么叫作"蓦然回首"了。

唯有清明的心，才能体验到什么是真实的美。

唯有不断觉悟，才能使体验到的美更深刻、广大、雄浑。

也唯有无上正觉的人，才能迈向生命的大美、至美、完美与绝美呀！

图书在版编目（CIP）数据

心美，一切皆美 / 林清玄著. -- 杭州：浙江教育出版社，2023.7

（林清玄清欢三卷）

ISBN 978-7-5722-5747-6

Ⅰ.①心… Ⅱ.①林… Ⅲ.①散文集－中国－当代 Ⅳ.①I267

中国国家版本馆CIP数据核字（2023）第071348号

本书由台北九歌出版社有限公司授权出版
经北京时代墨客文化传媒有限公司代理
版权合同登记号　浙图字：11-2023-003

| 责任编辑 | 赵露丹 | 美术编辑 | 韩　波 |
| 责任校对 | 马立改 | 责任印务 | 时小娟 |

林清玄清欢三卷：心美，一切皆美
LIN QINGXUAN QINGHUAN SAN JUAN: XINMEI, YIQIE JIE MEI

著　　者	林清玄
出版发行	浙江教育出版社
	（杭州市天目山路40号　电话：0571-85170300-80928）
印　　刷	河北鹏润印刷有限公司
开　　本	880mm×1230mm　1/32
成品尺寸	145mm×210mm
印　　张	8.25
字　　数	141000
版　　次	2023年7月第1版
印　　次	2023年7月第1次印刷
标准书号	ISBN 978-7-5722-5747-6
定　　价	52.00元

如发现印装质量问题，影响阅读，请与出版社联系调换。